ベリーズ文庫

極上御曹司と最愛花嫁の幸せな結婚
～余命０年の君を、生涯愛し抜く～

伊月ジュイ

STARTS
スターツ出版株式会社

目次

極上御曹司と最愛花嫁の幸せな結婚～余命0年の君を、生涯愛し抜く～

特別書き下ろし番外編

極上御曹司と最愛花嫁の幸せな結婚
～余命０年の君を、生涯愛し抜く～

プロローグ　どこかでお会いしたことありました？

「おはようございます」

始業時刻一時間前。まだ誰も出社していないはずのオフィスで声をかけられた。

驚いて振り向くと、すらりと背の高い男性が立っていて、凜々《りり》しい表情を緩め柔らかく微笑んでいた。

「昨日はバタついていて、挨拶もできず失礼しました。祇堂《しどう》です。よろしく」

昨日付けで広報部に配属になった彼——祇堂翔琉《かける》さんが律儀に手を差し出してくる。

彼はこの『マーガレット製薬株式会社』の社長令息。つまり次期社長だ。

イギリスの名門大学を卒業した超エリートで、今は様々な部署を転々としては功績を上げ、いずれ担う大役に向けて修業中だという。

経営者一族の名は伊達《だて》ではなく、腕も確かなのだそう。

加えて三十歳とまだ若く、モデル並みのスタイルに顔まで整っていると評判だ。

噂《うわさ》のご尊顔を近くで眺めて、なるほどと納得する。

顔立ちは柔和なのに締まりがあって知性的。目元は甘い印象なのに、眉はキリッと上がっている。俳優なら主役級に抜擢《ばってき》されるビジュアルだろう。

髪型は今時ながらも綺麗《きれい》に整えられていて清潔感ばっちり。

光沢のあるダークネイビーのスーツは品よく誠実な印象だ。

私は握手に応えようと手を差し出した。

「初めまして、私は――」

自己紹介しようとしたけれど、笑みを投げかけられ続きを遮られる。

「美守《みもり》さん、だよね。よろしく」

「あ、はい……美守星奈《せいな》です。よろしくお願いします」

初めて会話をしたはずなのに、すでに名前を知られていて面食らう。

どうして知ってるのだろう？　そんな疑問を感じつつも、重なった手をきゅっと握り返し会釈した。

「随分早くに出社しているんだね」

彼は辺りを見回して言う。定時より一時間も前となると、さすがに私たち以外誰もいない。

「祇堂さんこそ」

そのままお返しすると、彼は「まったくだ」と苦笑した。

「今のうちに資料を読み込んでおこうと思って。日中は忙しくなるだろうから」

確か彼は部長補佐の役職に就いたはず。私たち一般社員を監督する立場だ。

着任して間もないからといって『わからない』じゃ済まされない。

「業務的な内容でしたら私でも答えられると思いますので、なんなりとお尋ねください」

「ありがとう。逆にノウハウ的なところは遠慮なく聞いてくれ。アドバイスできるはずだ。それから――」

彼は困ったように笑って肩を竦《すく》めた。

「あまりかしこまらないでもらえると助かる。あくまで俺は一社員だから」

緊張が表に出てしまっていただろうか。次期社長と聞いて、無意識のうちに身構えていたのかもしれない。

彼が社長令息と知り、媚《こ》びを売る輩《やから》も多いのだろう。修業中の彼としては、特別扱いされるのはあまり好ましくないはずだ。

私は「はい」と頷《うなず》き、いったん彼の素性を忘れることにする。

「美守さんの評判は聞いているよ。とても熱心に仕事に取り組んでくれてるって。きっと昇進も近いんじゃないかな」

「私が昇進、ですか？」

褒められて光栄ではあるけれど、突拍子もない話だ。

体制に関しては年功序列の傾向が強い会社だ。新卒で入社して二年、まだ二十四歳の私が出世するとはとても思えないのだけれど？

不思議な顔をしていると、彼はフォローするかのように「ほら」と切り出した。

「今もこうして、早くに出社して頑張っているしね」

「あ、ええと、今朝は新サービスの概要が上がってきたので、関連情報のクリッピングを。誰に頼まれたわけではないので、仕事というよりは勉強ですが」

「残業は申請していないみたいだけど、これも時間外労働だよね？」

「私が好きでやっているので、残業とは言えませんよ」

気が抜けたのか、彼はすとんと肩を落とす。凛々しい顔立ちに甘みが加わり、胸がきゅっと疼《うず》く。

「情報が集まったらぜひ見せて。俺も興味がある」

「はい、喜んで」

気付けば視線が吸い寄せられていた。魅力的な表情をする人だ。

優しいのに頼もしい。この力強い眼差しは、どこかで見たことがあるような……？

思わずジッと見つめると、彼は「どうかした？」と長い睫毛《まつげ》をぱちりと瞬いた。

「あ、いえ。どこかでお会いしたことがあったかな、と」

口にして、そんなわけがないと自己完結する。彼は俗に言う御曹司で、住む世界が違う。

「すみません、変なことを聞いてしまって」

「いや」

すると彼は唇の前に人差し指を持っていき、いたずらっぽい笑みをこぼした。

彼の纏《まと》う柔らかな雰囲気が途端にミステリアスなものに変わり、ドキリとする。

「もしかしたら、どこかで会っているかもしれないね」

「え？」

胸がざわりと波立って、まさかという思いが込み上げてくる。

会った記憶はないのに、心のどこかで彼を覚えている気がする。こんな感覚は生まれて初めてだ。

しかし彼は、すぐに人差し指を引っ込め、おどけたように肩を竦めた。

「冗談だよ。気にしないで」

「……ですよね」

やっぱりただの気のせいだったみたいだ。作り笑いで動揺をごまかす。

「美守さん」

彼があらたまって私の手を取り、両手で包むように握った。

「広報の仕事は、企業にとってすごく重要度が高い。一緒に頑張ろう」

誠実な眼差し、希望に満ちた瞳。

このマーガレット製薬の一員として認めてもらえたような気がして嬉《うれ》しくなる。

「はい」と元気よく答え、手を握り返す。

手を離すと、彼は「それから――」と声を潜めて切り出した。

「君の力になりたいって思ってる。どうか俺を頼ってくれ」

わずかに顔を近付けて、神妙な面持ちで囁《ささや》く。

意味深な眼差しを目の前にして、気がつけばぽうっと見蕩《みと》れていた。

なにも答えられずにいる私に、彼は鮮やかに目配せして、デスクへと戻っていく。

誠実そうだけれど、どことなく底知れない人だ。配属されて一日しか経《た》っていないのに、私の名前や評判まで知っていたのも気になる。

……いや、考えすぎだ。きっと仕事熱心な人なのだろう。社員ひとりひとりチェックしているのかもしれない。

なにしろいずれはこの会社を背負う人だもの。
気持ちを切り替えてデスクに向かう。
大丈夫。私の秘密は、彼はもちろん、まだ誰にもバレていない。

第一章　秘密を抱えた女と、とある男の思惑

あれから一年、順調に仕事をこなしスキルを積み上げてきた私に、入社以来最大のピンチが訪れた。

広報部のオフィスがある十二階、給湯室。

私は今、先輩社員に壁ドンされている。

「ねえ、美守さん。あなた、いい加減にしてくれない？」

相手は優秀と名高く、かつ部内で一番の美女と謳《うた》われている桃野《ももの》さん。

普段は艶やかで好感度抜群の笑顔が、今は毒々しく歪《ゆが》んでいて威圧感たっぷりだ。

「ひとりで目立とうとするなんて、いい度胸ね」

どうやら私が独自で情報収集しているのが気に障ったみたい。決して目立とうとしたわけではないのだけれど、聞き入れてもらえない。

「勉強のために情報をまとめていただけで、他意はないんです」

「じゃあ、どうしてその情報を祇堂さんに渡してるのかしら？」

「見せてほしいと言われたので」

「ちゃっかりアピッてるじゃない！」

昨日、ライバル企業のプレリリースが配信された。特定の分野において国内外の三社と共同開発するというもので、これについて影響が出そうな医薬品を一覧化した。もはや広報の仕事というよりは経営に近く、自分でも出すぎた真似をしたなとは思っている。

でも、祇堂さんは私がまとめた資料を喜んで受け取ってくれた。

「よりにもよって祇堂さんに取り入るなんて！　ちょっと気に入られてるからっていい気になってんじゃないわよ」

桃野さんがもう片方の手を壁につく。

バンッという大きな音が鳴って、痛くないのかしらと心配になった。

「あなたと直接仕事をしたわけではないけれど、評判なら聞いてるわ」

複数のグループに分かれて働いている私たちは、同じ広報部内といえよく知らない社員も多い。

桃野さんは若くして主査を任され、優秀と評判でその名が部内に知れ渡っているけれど、私の場合は——。

「若手ながら、仕事の遅い同僚に率先して手を貸しているそうね」

どうやら桃野さんは、私のことを知ってくれていたみたいだ。唐突に褒められ「ありがとうございます」と笑顔で応える。

しかし、彼女の憤りは収まらなかった。

「それも祇堂さんへのアピール？　無害そうな顔して随分したたかね。まさか玉の輿《こし》目当て？」

「と、とんでもない！」

余計深まった誤解に、首をぶんぶん横に振る。

「しかも、仕事後は男の誘いにしか乗らないんですって？　女性社員からの飲み会や合コンの誘いをことごとく断って」

「それも誤解です……」

お誘いを断っているのは、男女関係なく全員である。

わけあって人並外れて体力のない私は、飲み会に参加すると翌日の仕事に支障が出てしまう。広報部主催の新人歓迎会や忘年会だけは頑張って出席するが、一次会が終わるとそそくさと抜け出して帰宅している。

以前、お酒も飲んでいないのに疲れ切って寝てしまったことがあったっけ。それ以来、疲れをため込まないように気を付けている。

そんな付き合いの悪い私でも同僚たちから受け入れてもらえるのは、精一杯仕事を頑張っているからだろう。職場での人間関係は良好だ。

桃野さんに絡まれている、今この瞬間を除いては。

「飲み会や合コンは単純に苦手なのでお断りしています。相手が男性社員だからといってご一緒することもありませんよ」

「なにそれ。男には不自由してませんって、遠回しなモテマウント？」

「そんな意味で言ったのでは っ！」

どうしてこう変な方向に解釈されてしまうのだろう。

モテマウントどころか、生まれてこの方、恋人がいたためしがないのだけれど。

といっても、恋人を作ろうとも思っていない。憧れがないわけではないけれど、恋も仕事も全力投球なんて体力的に無理だもの。今は仕事を頑張りたい。

しかし、いくら説明したところで桃野さんは信じてくれず、眉を吊《つ》り上げ苛立《いらだ》ちをあらわにしている。

「バカにするのも大概になさい。あんまり調子に乗ってると、部長にお願いして飛ばしてやるわよ」

私の襟元を掴《つか》んで脅すように言い放つ。

桃野さんが部長に気に入られているというのは有名な話。なにしろ優秀だ。

彼女がお願いすれば、私は本当に異動させられてしまうかもしれない。

桃野さんは入社五年目。広報としてはベテラン、役職も私よりふたつも上。まだ入社して三年に満たない私が敵う相手ではない。

「それは……困ります」

第一志望の会社に入社し、せっかく希望の広報部に配属されたのに、夢半ばで飛ばされてしまうのは嫌だ。

「困るんだったら、大人しく言われたことだけやってなさいよ！」

彼女がそう声を荒らげた時。

給湯室の外で見張りをしていた女性社員が「桃野さんっ！」と声をあげ、駆け込んできた。

「なんなのよ！」

苛立った声をあげる桃野さんに、女性社員は外を指さし、慌てた様子でパクパクと口を開閉する。

間を空けず、ゆったりとした足音が近付いてきて、給湯室の手前で止まった。

「今、物音やら怒声やら聞こえた気がしたけれど、なにかあった？」

柔らかく伸びやかな声がして、すらりと背の高い男性が給湯室に入ってくる。

今しがた話に挙がっていた祇堂さんだ。桃野さんは慌てて私の襟元から手を離し姿勢を正した。

「祇堂さん、お疲れ様ですぅ」

そして、何事もなかったかのように、にっこりと笑顔を作る。

祇堂さんも上品に微笑んで応じた。

「お疲れ様。もしかして、なにかトラブル？　襟を掴んでいるように見えたけど——」

「いいえ、とんでもない！　ゴミがついていたので取って差しあげてただけですよぉ」

桃野さんが手早く私の襟元をパンパンとはたき、整える。

「ならいいんだ。それと美守さん。今朝の件で話がしたいんだけど、今、時間取れる？」

「あ、はい！」

祇堂さんに手招かれ、私は「失礼します」と桃野さんたちに頭を下げた。

桃野さんは、最初はにこにこと手を振ってくれていたけれど、祇堂さんの姿が見えなくなった途端、私にだけ聞こえるボリュームでチッと舌打ちする。

美人が台無しなのでは？と気を取られていると、再び祇堂さんから「美守さん」と呼びかけられ、急いで給湯室を出た。

彼の後を追っていくと、少し離れたところにある少人数用の会議スペースに入るよう促された。

「美守さん、大丈夫だった？」

会議室のドアを閉めながら祇堂さんが尋ねてくる。

ありがとうございますと頭を下げようとしたが、ここでお礼を言っては桃野さんに絡まれていたと認めるようなものだ。

一応彼女を立てておこうと「ええと、なんのことでしょう？」とわからないふりをした。

「桃野さんになにかひどいことを言われていたんじゃないのか？」

「いえ、そんなことはありませんよ」

「桃野さんの怒鳴り声が聞こえた気がしたが」

どうやら声は廊下まで届いていたらしい。今朝の件で話がしたいというのは口実で、困っていた私を助けに来てくれたみたいだ。

「いえ。あれは愛ある叱責です」

「いや、そんなわけないだろ」

突っ込みどころが多すぎたらしく、彼は頭を抱える。

祇堂さんは次期社長の肩書きにおごらず謙虚な人だ。優しくて面倒見がよく、いつも私を気にかけてくれる。同じ部署になってまだ一年と経っていないが、何度声をかけられ助けてもらったかわからない。

仕事の進め方、文書の作り方、他者との連携、トラブルのリカバリー力、すべてにおいて彼は誰よりも秀でていて、的確なアドバイスをくれる。

私は彼をとても尊敬している。

「……本当に、祇堂さんは立派な方ですね」

思わずぽつりと本音が漏れた。

私もこれくらい優秀だったなら、今すぐにでも会社の役に立てるのに。

自身の不甲斐《ふがい》なさを思い知り、少しだけ落ち込む。

もっともっと勉強して、経験を積んで、スキルを磨かなければ人は救えない。やる気だけはあるのに、体が追いつかないのが悔しい。

漏れ出た本音は彼の耳までは届かなかったらしく、彼は「ん？」と首を傾げた。

「……いえ。本当に大丈夫ですから、お気になさらず」

私はにっこりと笑って応じる。

考えようによっては貴重な体験ができた。女性から壁ドンされるなんて、きっとこの先、もう一生経験できないだろう。

「桃野さんは未熟な私に指導してくださったんです。感謝しなくては」

「本気でそう思ってる？」

祇堂さんが眉をひそめる。

「いいか？　もしまた絡まれたら、すぐに俺を呼んでくれ」

端整な顔が近付いてきて、にらめっこみたいになってしまった。

一歩、二歩と後ずさるうちに、いつの間にか背後は壁で、追い詰められてしまう。

「俺を頼ってって言っただろ？」

ずずい、と真っ直ぐな眼差しが迫ってくる。

一日に二回も壁に押しつけられるなんて、今日はいったいどうなっているのかしら。

しかも、そんなに鋭い目で見つめられるといたたまれない。思わず目を逸《そ》らし、思いっきり頭を下げた。

「お気遣い、ありがとうございます！　それでは失礼いたします」

早口でまくしたて、その場から逃げ出す。

「あっ、美守さん――」

彼の制止を振り切り、会議室を飛び出した。廊下を早足で歩き、私はなにをしているのかしらと混乱しながら自問自答する。

正直に言おう。祇堂さんのあの実直な目が苦手である。心の奥底を見透かされているようで怖くなる。

私は仕事が好きだ。入社以来、会社のために誠心誠意尽くしてきたという自負がある。だがひとつだけ、どうしても会社には明かせない事情があるのだ。

彼に見つめられると、やましさが湧き上がってきて、いてもたってもいられなくなってしまう。

「でも、祇堂さんとはあと一カ月程度の付き合いだろうし」

ぽつりと漏らす。彼はエリート街道まっしぐらで、異動を繰り返してはキャリアを積んでいる。来年度もきっと別の部署に異動になるだろうともっぱらの噂だ。

そしていずれは社長になる。そうなれば仕事で直接関わることもなくなるだろう。

「残り一カ月。しっかり学ばせてもらわないと」

苦手なんて言っている場合ではない。彼から学べることはきちんと吸収しておかなくては。

パンと両頬を叩《たた》いて気合いを入れ直した。

＊＊＊

会議室にひとり残され、ふうと息をついた。

どうやら俺、祇堂翔琉は、彼女――美守星奈に避けられているらしい。

「嫌われるようなこと、したかな？」

苦々しい笑みを浮かべながら、額を押さえてひとりごちる。

同じ部署になってから、なるべく真摯に、丁寧に接してきたつもりだったのだが。なにか失礼があっただろうか。仕事のアドバイスなどと言って手を貸すのは、恩着せがましかったか？　あるいは、ちょっかいをかけすぎて警戒されたか。

「……わからない」

頭を悩ませていると、会議室のドアが開き「こんなところにいらっしゃいましたか」と呆《あき》れたように声をかけられた。

部屋に入ってきたのは秘書課の有望株、武久義一《たけひさよしかず》。

三十五歳という若さながら、次期社長の第一秘書兼、社長室室長としての昇進が決まっている。

彼の優秀さに目をつけ、パートナーに指名したのだ。彼が隣にいれば仕事がしやすい。

「祇堂さん。勉強期間は終わりです。本日からは取締役会にも参加してもらいますよ」

武久が眼鏡のブリッジを押し上げる。お決まりの慇懃《いんぎん》な仕草に、思わず「わかっているよ」と笑みがこぼれた。

「それで。例の女性の了承は取れましたか？」

「それが……」

俺はひょいっと肩を竦めた。今日も説明しようと試みたが、今しがた逃げられてしまった。

武久の目が神経質に細まる。

「なにをしているんですか。さっさと内示を済ませてください。あと一カ月しかないというのに」

「仕方ないだろう。彼女、俺を見ると逃げ出すんだ」

武久の目がさらに細まった。げんなりと口元まで歪んでいる。

「抜擢以前の問題じゃありませんか。就任早々パワハラだのセクハラだの問題を起こさないでくださいよ」

「心外だな」

「お気に入りだからといって、毎日いやらしい目でじろじろ見ていたんじゃありませんか？　あるいは相手からの好意がある前提で、思い上がったようなスキンシップを――」

「待て待て。俺をどんな目で見ている？」

ずけずけと人を罵ってくる厚かましい秘書に待ったをかけながら、俺は髪をかき上げた。

パワハラセクハラは断じてない。

とはいえ正直、彼女の過剰な反応は説明がつかなくて困っている。

「俺はただ、彼女の力になりたいだけなんだが」

俺の呟《つぶや》きに、武久が胡乱《うろん》な目をする。

「力になりたい？　なってほしいでは？」

「言葉の綾《あや》だよ。彼女の面接に参加した話はしただろう？」

今から約四年前、美守星奈の採用試験三次面接。

当時人事部だった俺は、役員や管理職の人間とともに人事担当者として面接に参加した。

もともと小柄で線の細い彼女は、リクルートスーツに着られているといった印象で、実に初々しかった。顔立ちは整ってはいるがあどけなく、メイクもナチュラルなため、これから社会人という割にはどこか頼りない印象があった。

だがそんな彼女が立ち上がり、目を輝かせ、堂々と演説する姿は面接官の間でも伝説となっている。

このマーガレット製薬で取り扱う希少疾病用医薬品を独自に一覧化し、流通実態と今後の展開を予想してみせた、あのプレゼンは見事だった。

一学生が足で集めた情報だ、精度という意味で言えば完璧にはほど遠かった。

だが見どころがあった。病院を一カ所一カ所、己の足で訪ね歩き、情報を集めるという泥臭さも評価に値した。

なにより、やる気に満ち溢《あふ》れた彼女に、面接官は満場一致で採用を決めた。

「難病で苦しむ患者を救いたい、だったよな。彼女の夢は、延いては俺の夢でもある」

「気持ちはわかりますが……いいんですか？　まったく関係のない部署から、なんの功績も上げていない人材を引き抜くなんて異例ですよ」

「彼女は使えるよ。俺のお墨付きだ」

この一年、彼女を見守り続けてきた。

仕事に対して熱意があるのはもちろん、教えに対する飲み込みも早い。応用力もある。

ただひとつ、体力だけが心配だが、その分のフォローは武久に頼むとしよう。

「向上心があるのは認めますが、実力が伴っているか……。まだ広報部で出世頭と目されている彼女の方が、適性があるのでは？」

「桃野さんのことかな。彼女は確かに仕事は早いんだが、やる気がイマイチなんだよな。常に省エネ運転というか」

向上心のある人間にこそ、機会を与えるべきだと俺は思う。

武久は不満そうな顔をしたものの、俺の意思が揺るがないのを再確認し、あきらめたように肩を落とした。

「それにしても、あなたを避ける女性がいるなんて正直驚きです。これまで追いかけられても、逃げられた経験などないのでは？」

「俺も予想外の反応で困っているよ」

自分の出自の情報が先行して、異動する先々で異常なまでに歓迎されてきた。

避けられたのは、正直今回が初めて。身のほどを知った気分だ。

「とにかく機会を見て話してみる。彼女にとっては決して悪い話じゃないんだ」

「わかりました。とにかく就任に向けて準備を進めてください。来月からこのマーガレット製薬を指揮するのは、祇堂さん、あなたなんですから」

武久が念を押して会議室を出ていく。

「随分とプレッシャーをかけてくれるな」

グループ企業合わせて従業員数一万人以上、売上高一兆超えの大企業の経営を、三十一歳で双肩に担えというのだから、酷な要求をさらりとしてくれたものだ。

マーガレット製薬は日本で三指に入る製薬会社だ。中でも難病の患者に向けた希少疾病用医薬品――オーファンドラッグの開発と製造販売に関しては、日本一の規模を誇る。

そもそもこのオーファンドラッグは、患者数が少なく臨床試験もしづらいことから、開発は困難を極める。加えて、開発にかけた期間、費用に見合うだけの利益を得るのも難しく、多くの製薬会社が二の足を踏んでいるのが現状だ。

マーガレット製薬にとっても、儲《もう》けを得るというよりは社会貢献に近い。

しかし、あえてその分野に踏み込むのがマーガレット製薬の強みであり、業界内で評価されている理由でもある。

なぜ儲けの少ないオーファンドラッグにこだわるのか――その答えは、マーガレット製薬の前身となった『祇堂薬品研究所』の創設者の意志によるものだ。

創設者は高祖父——父方の祖父のさらに祖父にあたる人物である。

彼の妻が難病に侵され、その治療のために作られたのが祇堂薬品研究所だ。

愛する人を救う、そのシンプルかつ純粋な願いがマーガレット製薬の企業理念として受け継がれている。

これまで数々の人間が経営を担ってきたが、この理念から外れるような無粋な経営をする者は幸いひとりもいなかった。

現在、代表取締役社長の任に就いている父も同じだ。彼は人格こそ難ありだが、経営に関してはとにかく真摯だ。

だからこそ彼女、美守星奈も入社を希望したんだろう。

『難病で苦しむ患者を救いたい』——その夢を叶《かな》えるなら、この会社が相応しい。

そして俺は、引退する父親の後を継ぎ、四月から社長に就任すると決まっている。

本来であればあと十年は武者修業と称して、様々な部署や海外支社を転々とする予定だったのだが、父の持病が悪化し、早々に代替わりする運びとなった。

三十代で社長の地位に就くのは異例である。

派閥の中には、まだ若い俺をよく思わない人間もいる。役員の中には、オーファンドラッグの開発から手を引き、営利主義を推し進めようとする者たちも多い。

そんな人間に足を引っ張られないよう、新年度からは新体制を敷く。より経営理念を理解するメンバーを企業の中心に据える予定だ。

彼女に重要なポジションを任せる背景には、そういった流れがある。

「それだけってわけじゃないが……」

彼女を身近に置きたい理由は、実際はもっとシンプルだ。単純に人柄に惚《ほ》れ込んでいる。

しかし、その経緯を説明するとあまりにも長くなる。かつ、プライバシーにも踏み込まなければならないので、武久には黙っている。そして、彼女自身にも。

「とにかく、まずは彼女に話を聞いてもらうところからだ」

避けられていては論外である。チャンスを与えるなどと偉そうに言いながら、現状、俺の片想いだ。

「ああ見えて、結構頑固なんだよな、彼女は……」

はるか昔の記憶を思い起こしながら、俺は会議室を出た。

第二章　異例の大抜擢と、思わせぶりな社長様

カーテンから朝日が漏れている。時刻は六時半。

目覚ましの鳴る五分前に、私、美守星奈は目を覚ました。

四月一日、新年度の始まりだ。朝の寒さもぐっと和らぎ、過ごしやすい季節になった。だが季節の変わり目は体調を崩しやすいもの、油断は禁物。

ゆっくりと体を起き上がらせ、具合を確認する。

めまいなし、動悸《どうき》なし、だるさなし。体調は万全だ。

「今日も頑張れそう」

清々しい一日が始まる。

とりあえずテレビをつけて天気予報をチェック。今日は一日晴れそうだ。パンプスのチョイスに気を遣わなくて済む。

簡単な朝食を終えた後、私はクローゼットの中からアイボリーのパンツスーツを選び取った。インナーにはブラウンを合わせよう。

皺《しわ》が寄っていないかを確認。広報たるもの清潔感は必須。

また、信頼を得られる格好をしなければならないため、基本はモノトーンやネイビーなど、落ち着いた色でコーディネートする。

一番オーソドックスなのはブラックのスーツなのだが――。

「黒って、患者さんにはあまりいいイメージがないのよね」

製薬会社の広報。活動の多くは企業や一般人向けなのだが、稀《まれ》に病院の患者さんと接したりもする。

彼ら――とくに長期入院をしていたり、重い病を抱えていたりする患者さんは、黒い服の人間を見ると「お迎えが来た」と思うらしく、嫌な顔をされてしまう。

「病院を黒ずくめで歩いてたら、死神みたいって思うわよね……」

自分もそうだったからよくわかる。

だから私は、なるべく黒を着ないようにしている。フォーマルが求められる時も、できる限りネイビーやグレーで回避。黒はそれこそ弔事だけでいい。

「これでよし」

メイクを整え、髪をハーフアップにして、クローゼットの全身鏡で身だしなみをチェック。

ちなみにコンプレックスは細い体と地味な顔。リクルートスーツを着てお団子頭で働いていた時は、入社から一年以上経っても新入社員みたいと言われて困ったっけ。今は明るめのメイクと、スーツをアレンジしたオフィスカジュアルコーデで多少はあか抜けた。二十五歳、年相応に見えていると思う。

鏡の前で笑顔の練習をした後、朝の薬を飲む。今日も一日元気で過ごせますようにと祈りを込めながら。

そうこうしている間に、時刻はすでに七時半。急いで家を出る支度をする。

会社までは徒歩二十分。就職時、できるだけ通勤が楽な場所を探して家を借りた。

都心の家賃相場は高く、私の初任給で借りられるような部屋が見つからなくて苦労したっけ。

ようやく見つけたのは、ワンルームの古めかしいマンション。でも内装はリフォーム済みで綺麗だし、バストイレも別で充分満足している。

なにより、初めてのひとり暮らしにわくわくしっぱなしだった。

家族と離れて暮らすことに、最初は不安もあったけれど、自立してもう三年が経ち、慣れたものだ。

しかし、母はまだ心配らしく、毎週のように《元気にやってる？》と不安な声で電話をくれる。宥《なだ》めるのが大変だ。

「これまでお母さんにはたくさん迷惑をかけてきちゃったものね」

体が弱いせいもあり、両親には幼い頃から心配をかけっぱなしだった。本当は家を出て就職なんてさせたくなかったのかもしれない。

父は『外に出て働かなくても、家事手伝いでいいじゃないか』と言ってくれていたし、母も『家から通える範囲で仕事を探してみたら？』と提案してくれた。

とくに母は、子どもの頃から私を看病し続けていたせいか心配だったみたいだ。

だが、就職が決まって一番喜んでくれたのも母だった。今も気がかりに違いないけれど、応援の気持ちは伝わってくる。

「ちゃんと応えなくちゃ」

私は今、夢に向かって走っている最中。自分のためにも母のためにも、精一杯頑張りたい。

戸締りを確認し、家を出る準備を整え、最後にテレビを消そうとふとリモコンを向けた時。画面に映っていたテロップに目を疑い、思考がフリーズした。

【マーガレット製薬　新社長就任発表】

「え……」

マーガレット製薬ってうちの会社だよね？　なにかの間違いではないかとテレビに

かじりつく。
「こんな重大な情報を、広報の私がテレビで知るなんて」
きっと全社的に伏せられていたのだろう。
まさか経営が乗っ取られたり、他の企業に吸収されたりしたわけではないよね？
やがてアナウンサーから新社長の名前が報じられた。
『新社長に就任したのは同会社役員の祇堂翔琉氏で――』
「祇堂さんが……？」
異動するだろうとは思っていたけれど、まさか社長になるなんて。
立場的には順当だが、三十一歳という若さで社長に就くとは思わなかった。
どうして突然代替わりを？　もしかしてやむにやまれぬ事情が？
驚きすぎたせいか嫌な動悸がしてきて、きゅっと胸を押さえる。
とにかく落ち着こう、そう自分に言い聞かせ深呼吸する。過度なストレスは体に毒だ。
私は早々に事実確認しなければ。
私はテレビを消して、急いで家を出た。
いつもよりつい早足になってしまう。ただでさえ体力がないから気を付けなきゃならないっていうのに、気持ちが急いて抑えきれない。

若干息を切らしながら、ビルの立ち並ぶ大通りを歩き続けること二十分弱、マーガレット製薬本社に到着した。最寄り駅から徒歩三分のところにある、地上二十階の高層ビルだ。

普段は誰もいない始業一時間前のオフィスも、今日はちらほらと出社している社員がいた。私のようにニュースを見て慌てて出社してきたのかもしれない。

とくに広報部はこれから大忙しになる。体制変更について内外へ報知しなければならないからだ。

デスクにつくと、すかさず課長がやってきて「美守さん、おはよう。これ」と段ボールを差し出してきた。

「おはようございます。課長、この空箱は……」

「荷物の移動に使って。社長室は十九階だ」

なんの話かさっぱり理解できずきょとんとしていると、課長は眉をひそめた。

「辞令、確認していないのか？　今日付けで美守さんは社長室に異動だよ？」

「はい……？」

ふっと気が遠くなる。

そういえば以前、桃野さんが給湯室で『あんまり調子に乗ってると、部長にお願いして飛ばしてやるわよ』と言っていたっけ。

まさか飛ばされる先が社長室とは思っていなかったけれど。

「まあ、詳しい事情は新社長様に聞いてくれ。課長の私ですら、体制変更は寝耳に水なんだ」

それだけ言い置くと、仕事が立て込んでいるのか、課長は慌ただしくデスクに戻っていった。

……なにがどうなっているんだか、さっぱりわからない。

呆然《ぼうぜん》としたまま、とりあえずパソコンを開いて社内連絡用のポータルサイトを確認する。メールボックスを開くと、今日の日付で辞令が届いていた。

【広報部・美守星奈殿　辞令　四月一日をもって現職の任を解き、社長室勤務を命じる】

「そもそもうちの会社に社長室なんて部署、あったかしら？」

一般的な社長室といえば、経営方針の検討や、社長のスケジュール管理などの秘書業務が主だろう。

だがうちの会社においては、経営に関しては経営企画室が担っているし、秘書については総務部秘書課が存在する。

それらの部署となにが違うのだろう。分けた理由はなに？

「しかも私が社長室だなんて」

社長室というからには、経営により近い仕事をするはずだ。

それ自体はとても光栄だけれど、経営にそこまで馴染《なじ》みのない広報部の一社員が役に立てるのかどうか。

その時、カツカツというヒールの音が響いてきて、私のうしろで止まった。

「どうしてあなたが社長室なのよ」

聞き馴染みのある不満声。振り向いてみると予想通り、桃野さんが立っていた。

「ちょうど私も聞きたかったんです。異動を勧めてくださったのは桃野さんなんですか？」

「なっ……ふざけないで！　どうして私があなたなんかを社長室に推薦しなきゃならないの⁉」

「ですが、部長にお願いして飛ばすとおっしゃってましたし」

「あんなもの、はったりに決まってるでしょ！」

桃野さんが顔を赤くして迫ってくる。周りに騒がれないよう声を押し殺しながらも、すごい剣幕で問いただしてきた。

「いったいどんな手を使って上に取り入ったの？」

「もしかして桃野さんも社長室にご興味が？」

「そういうことを言っているんじゃないの。どうして私じゃなくて、なんの成果も出していないあなたに声がかかったのかって聞いているのよ」

いっそう怒らせてしまったらしく、今にも掴みかかる勢いで拳を震わせた。

「あなた、このために祇堂さんにアピールしてたの？　まさか色目使ったんじゃ――」

「と、とんでもない！」

桃野さんならともかく、私が色目を使ったところで祇堂さんがなびくとは思えない。

「今に見ていなさい、絶対追い越してやるわ。仕事も、女としても、私の方があなたより上だって証明してやる」

こちらに指先を突きつけ、宣戦布告。「あのっ」と声をかけるも、桃野さんは背中を向けて去っていってしまった。

抜擢してもらえた理由も不明だが、社長室のことも新社長のことも、なにが起きているのかさっぱりだ。

再びパソコンに向き直り、社内連絡を確認する。

【NEW】【重要】と書かれたお知らせに、前社長退任と新社長就任について記されているのを発見した。今日付けの情報だ。

新社長・祇堂翔琉の名前を確認し、信じられない思いで画面を閉じた。

荷物をまとめた段ボールを抱えてエレベーターに乗り込む。

広報部のある十二階から社長室のある十九階へ。

上層階は大会議室や役員室ばかり。上層部と比較的やり取りの多い広報部の人間といえど、来る機会は少ない。

目的階に到着しエレベーターが開くと、廊下は下層階とは違いシンと静まり返っていて、自身の足音だけが虚しく響いた。

「ここ……かしら」

【社長執務室】の隣に【社長室】という部署が存在する。

固く閉じられた木製の扉に、ぴかぴかの金プレートが張りつけられている。きっと新設されたオフィスなのだろう。

扉からして仰々しく、広報部のオフィスとは印象がまるで違う。

私がこんな場所に来てしまって、いいのかしら。

荷物を足元にいったん下ろし、うーんと唸《うな》る。とはいえ、辞令なのだから悩んでいても仕方がない。

恐る恐るノックしてみると、「はい」という硬い声がして扉が開いた。

出てきたのはシルバーフレームの眼鏡をかけた、短髪の男性。

年齢はおそらく三十代中盤といったところだろう。シャドーストライプのブラックスーツにグレーのネクタイを合わせており、表情からして神経質そうな印象だ。

「本日付けで異動になりました、美守と――」

言いかけたところで、ふと眼鏡の男性の背後に祇堂さんの姿を発見し、思わず声をあげてしまった。

「祇堂さん！」

すると、男性がすっと横に移動してきて、目線の間に割り込んだ。

「祇堂社長、と。本日からはそう呼んでください。馴れ馴れしい言葉遣いはあらためるように」

会って早々厳しい口調で叱責され、身がきゅっと引きしまる。

「申し訳ありません……」

「いいよ、そんなにかしこまらなくて」

男性の背後から甘くて爽やかな低音ボイスが響いてくる。

祇堂さんがやってきて、いつもと同じ穏やかな表情で微笑んだ。

いや、厳密には同じではない。髪はサイドに分けられ、普段以上にきちんと整えられている。光沢の強いブラックスーツは、これからパーティーにでも出席するのかというほどドレッシーだ。

「美守さん、よく来てくれたね。歓迎するよ。これからもよろしく」

そう言って眼鏡の男性の肩に肘を置いてもたれかかり、私ににっこりと笑顔を向けてくれる。男性は迷惑そうに眉をひそめながら眼鏡のフレームを押し上げた。

「そういった態度も今後はあらためていただけると――」

「なぜ？　俺は信頼できる人間だけをここに集めたはずなんだけど」

そう言って社長室の中に向かって、手を広げる。

広々とした部屋にデスクが八つほど。手前の席には女性が座っていて、目が合うとにこりと微笑んでくれた。私も慌てて会釈する。

奥の席はパーテーションに隠れていてよく見えないけれど、物音がするところを見ると誰かいるらしい。

大きなテーブルをみんなで使う広報部とは違って、パーテーションによって個人の空間が広々と割り当てられたオフィス。

社長室にはこれだけの人数しかいないのだろうか。まさに少数精鋭といった印象だ。

だが余計に、なぜ自分が招かれたのか不思議になる。

「祇堂さ――社長。なぜ広報だった私を社長室に……」

おずおず尋ねると、反応したのは隣にいた男性の方だった。ぴくりと眉を跳ね上げ、祇堂さんに厳しい目を向ける。

「まさか社長、内示を出さなかったんですか」

確かに、そんなものはなかったなあと祇堂さんを見つめる。

「十二階から十九階へ移動するだけだから、たいして困らないだろう?」

「いや、困るでしょう！　業務の引き継ぎとか――」

「彼女、日頃から業務内容をマニュアル化しているそうだから大丈夫。そういうところも優秀だろう?」

なぜか誇らしげに説明する祇堂さん。

そうするに至った経緯は、いつ倒れるかわからない体をしているからなのだけれど。

もちろんそんなことを会社に言えるわけもなく秘密にしている。

「突然体調を崩してお休みをいただくかもしれませんし、業務が滞っては困りますから。誰が引き継いでも困らないように、日頃から気を付けてはいますが……」

おかげで今日も手早く引き継ぎを終わらせてここに異動してこられた。日頃から資料をまとめておいて本当によかった。

「優秀というか、いい心がけではありますが。そもそも常識的に考えてください。異動が美守さんの意にそぐわなかったらどうするつもりなんです？」

「そんなわけないさ。美守さんは『難病で苦しむ患者を救いたい』んだろう？」

祇堂さんが挑発的な笑みを投げかけてくる。

「どうしてそれを……」

この会社を選んだ理由であり、私の目標。だが祇堂さんに打ち明けた覚えはない。それどころか、広報部の上司や同僚にも話していない。まだまだ無力な私が口にしても夢物語でしかないから。

気付かないうちに表情が強張っていたのだろう、私を見て祇堂さんはちょっぴり眉を下げると、部屋の奥に視線を移した。

「少し向こうで話そうか」

そう言ってついてこいというように歩き始める。

足元の段ボールは、眼鏡の男性が「デスクに運んでおきます」と預かってくれた。

一礼して祇堂さんを追いかける。

彼は部屋の奥にあるドアを開けて待っていてくれた。

ドアは隣の社長執務室に繋《つな》がっていて、中は広々とした空間に立派な執務卓、来客用のソファとローテーブルが配置されている。

「今日からここで働くことになる。俺も、君も」

そう言って執務卓にもたれる祇堂さんは、不思議ともう大企業を背負う風格を漂わせていた。

「俺はまだ三十一歳だし、早期の就任に納得しない役員も多い。足を引っ張ろうとする人間や、裏切り者も出てくるだろう。だから、信頼のおけるメンバーを集めて社長室を立ち上げた」

祇堂さんの視線が隣の部屋に向かう。

あの中にいるのは、祇堂さんが確実に信頼できると思った人たちだけなんだ。

そこに自分が含まれているのが、不思議であり誇らしくもあり、すっと背筋が伸びた。

「君には俺の秘書になってほしい」

「秘書、ですか……？」

「ああ。だが、普通の秘書で収まってほしくない。俺の頭脳となりアドバイスをくれるような、頼もしい相棒だ」

社長の相棒といえば、普通は副社長とか専務とか、上位の役職者が務めるものだと思うのだけれど。

きっと、彼らを心から信頼できていないんだ……。

事は深刻で、想像していた以上に多くを求められている。期待が重く圧しかかり、足が震えそうになる。

自分よりもずっと優秀な祇堂さんに——社長に、私がアドバイスなんてできるかしら。

「こんなことを伺っては失礼かもしれませんが……どうして私なんでしょう？」

経営などかじってもいない、広報部の一社員になぜそんな大役を？

尋ねると、祇堂さんは真面目な顔でこちらに向き直った。

「優秀で熱意がある——そんな人間にはチャンスを与えるべきだと俺は思っている。『難病で苦しむ患者を救いたい』と君は面接で言っていたね。あの言葉には嘘がないと思った」

この会社に入りたい一心でオーファンドラッグについて調べあげ、時には病院まで足を運び、現場の医師や患者に取材をしてまとめたプレゼン資料。

いざ面接の場で発表すると、数値が予測とは大きく外れていると指摘があった。

考えが及ばなかった部分もあり、面接官から辛辣な意見も飛び出したけれど、意欲は買ってもらえたようで、後日内定の通知が来た。

「祇堂さん、あの場にいらっしゃったんですね……」

「歳がバレないように軽く変装はしていたよ。大きな眼鏡をかけたりしてね。役員や管理職の中に俺がいたんじゃ浮くから」

彼が茶目っけたっぷりに微笑む。

そういえば面接官の中に、妙に顔が見えづらい人事担当者がいたっけ、と頬をかく。

「俺は君の夢を叶える手助けをしてやれると思う」

胸の奥から熱いものが込み上げてくる。

これはチャンスなのかもしれない。

オーファンドラッグの開発は、儲けとはほど遠い、社会貢献的な意味合いが強い。

万一経営が傾けば、真っ先に切られてしまう分野だ。

『難病で苦しむ患者を救いたい』──その言葉の裏には、オーファンドラッグの開発を進めたい、守っていきたいという意思がある。

……私に効く薬も開発されるかもしれない。

身の内に巣食う病魔は、今は薬で大人しくしてくれているけれど、いつまた暴れ出して私の命を食い潰すかわからない。

私だけじゃない、難病を抱えるみんなが、この恐怖と闘っている。

だったら、限られたひと時だとしても自由に動く体を与えられた私が、みんなの分まで頑張りたい。

拳をきゅっと握り、力を込める。

「わかりました。私でよければ、お手伝いさせてください」

社長業務のサポート、経営のアドバイス。経験のない仕事に不安を覚える半面、緊張と興奮でドキドキする。

震えはいつの間にか武者震いに変わっていた。

「快諾してもらえて嬉しいよ」

祇堂さんがふっと眼差しを柔らかくし、安堵《あんど》するようにゆっくりと息を吐いた。

「なにより、美守さんと離れるのは寂しいからね」

突然、甘えるような声が降ってきて、私は「え?」と目を瞬かせる。

「君が十二階の広報部で、俺が十九階の社長室じゃ、この先、なかなか会えなくなるだろう？」

「そう……ですね」

一社員と社長――本来なら関わりを持たなかったはずだ。

私が異動の声をかけてもらえなかったら、その繋がりは完全に断たれていただろう。

そう考えると、ふたりの関係は希薄で、奇跡的にも思える。

「もう少し一緒にいたいと思ってたんだ」

ほんのり胸が熱くなり高揚する。こんな自分に価値を見出してもらえたのが嬉しくて。

「私も、引き続き祇堂さんとご一緒できて嬉しいです」

「そう言ってもらえてよかった」

彼の花咲くような笑顔に惹《ひ》きつけられる。もともと愛想のいい人ではあるけれど、今向けられた笑顔は格別で――。

「君の真面目な姿勢は、見ていて心地いいから」

喜びに浸っていたが、ハッと我に返る。

祇堂さんは、私の真面目な姿勢を買ってくれたんだ。

とても嬉しいはずなのに、なぜだか現実に引き戻されたような虚しい気持ちが混じり込む。

『一緒にいたい』のは仕事のため。そう自分に念を押す。

「とはいえ、驚かせて悪かったよ」

祇堂さんはばつが悪そうに後頭部に手をあてる。

「もっと早くに伝えようと思って、何度か呼び止めたんだけど、君は仕事の話が終わるとそそくさと俺から逃げていってしまうから」

「えっ」

「俺のこと、もしかして避けてた？」

ドキリとして硬直する。祇堂さんへの苦手意識はまだ拭えていない。バレないように気を付けてはいたものの、自然と態度に出てしまっていたみたいだ。

「俺、なにか君に悪いことしたかな？」

「し、してません！　まったく！　全然！　私が人見知りなだけで」

「美守さんはあまり人見知りには見えないけどな」

実際、私は初対面の相手でも比較的物怖じしないタイプだ。

「もし不満があるなら、この機に言ってくれないかな。改善するよ」

祇堂さんが誠実な目でジッと覗《のぞ》き込んでくる。

なんだかうしろめたい気持ちが湧き上がってきて、言いようのない不安感に襲われた。

私はこの身を蝕《むしば》む病を会社に秘密にしている。

年に一度の健康診断では、持病はありませんと嘘の問診票を提出した。

血液検査の数値がちょっぴり不安定な時もあるけれど、一過性ですと言い張り、のらりくらりとかわしてきた。

いつ倒れるかわからない不安定な体だと知られたら、責任ある仕事を任せてもらえないと思ったから。

製薬会社で働いたからといって、直接的に誰かの命を救えるわけじゃない。

それでも自分を蝕むこの病に立ち向かうため、同じように苦しむみんなのため、なにか力になれることがあるかもしれない。そう考え、会社に嘘をついてまで働こうと決意した。

もちろん、隠しごとをしているやましさは拭えない。

祇堂さんの真っ直ぐな目に見つめられると、秘密が暴かれてしまいそうで怖くなる。

でも、まだ音を上げるわけにはいかないのだ。

「いえ。不満はまったくありません」

「どこ見て言ってるの？」

つい目線を逸らしてしまった私に、祇堂さんがツッコミを入れる。

「とにかく美守さんには今後、社長室の一員となって、俺のサポートをしてもらいたい。社長室を取り仕切っているのが、さっき入口で話した武久だ。君の直属の上司になる」

「あの方が室長ですか？　お若いのに優秀な方なんですね」

「それを言うなら、君だって若くして引き抜かれてきたし、俺なんてこの歳で社長だ」

ひょいっと肩を竦めておどける彼。思わずくすりと口元を押さえた時、ドアを叩く音が聞こえた。

「祇堂社長。そろそろご準備を」

ドアを開けたのは例の眼鏡の男性――今後私の上司となる武久さんだ。

「これからマスコミや株主に向けた就任会見を開く。美守さんはそばで見守っていて」

そう言って祇堂さんが私に目で合図する。

「会見に向けてホテルに移動します。美守さんもご準備を」

「は、はい」

私は社長室で残りのメンバー六人に挨拶をした後、彼らとともに地下駐車場に行き、社用車数台に分かれてホテルに向かった。

落ち着いて考えている暇もない、分単位のスケジュール。自分がなにをすればいいかもわからないまま、ただついていく。

武久さんは祇堂さんと直前までやり取りしていたが、祇堂さんが前社長と並び会見の場に立つと、私とともに舞台袖に引っ込んだ。

「祇堂社長から納得のいく説明は受けましたか？」

武久さんは会見が進んでいくのを見守りながら、私に耳打ちする。

「はい」

結局、こんな自分が社長室に招いてもらえたのは、幸運以外のなにものでもない。

納得できたかと問われれば、正直、疑問や不安の方が大きいが――。

「今でも信じられない思いでいっぱいですが、チャンスをいただけたことに感謝して、精一杯頑張りたいと思います」

正直に答えると、武久さんの眼鏡の奥の目が心なしか柔らかくなった。

「入社して三年の美守さんにすべてを背負わせる気はありませんから、まずは気負わずに。ひとまずあなたには社長に張りついていてもらいます。慣れてきたら、経営の方を。とくに患者中心医療や企業市民活動などを重点的に担当してもらいたいと考えています」

私はハッとして息を呑《の》む。

武久さんが言っているのは社会貢献の分野、つまり、希少疾病における取り組みも含まれる。きっと私の意を酌んで担当させてくれたのだ。

「光栄です。ぜひやらせてください」

頷いた先に、檀上で挨拶をする祇堂さんが見えた。

「お集まりいただき誠にありがとうございます。本日四月一日付けで代表取締役社長に就任いたしました、祇堂翔琉と申します」

毅然とした態度で臨むその姿は、まさに偉大な社長そのものだ。その肩にはすでに多くの責任が圧しかかっている。

……私が彼を支えるんだ。

おこがましくもそんな夢を抱いて、熱のこもった挨拶をする新社長に眼差しを向けた。

第三章　だだ漏れる溺愛がコンプラに抵触します

「十時から経営会議、十一時に『東寺《とうじ》銀行』清水《しみず》専務をお招きして就任のご挨拶、『天満《てんま》薬品』の諏訪《すわ》社長との会食を挟んで、午後は臨床研究センターの視察、夜は大株主の出雲《いずも》様との会食が予定されております」

廊下を歩きながら、手元のタブレットで確認したスケジュールを読み上げると、祇堂さんは少々疲れた顔で笑った。

「今日も盛りだくさんだな」

祇堂さんの右腕である第一秘書の武久さん、そしてスケジュール管理を中心に細々とした雑用をこなす第二秘書の私。三人で最上階の大会議場に向かう。

残りのメンバーは社長室に残り、調査や調整などそれぞれの職務をこなしている。

この体制になり三週間。就任して間もないこともあり、スケジュールは異常なまでに過密で、毎日が慌ただしく過ぎていく。

そんな中、すべてをそつなくこなしていく祇堂さんの敏腕ぶりには日々驚かされてばかりだ。

とはいえ、分刻みのスケジュールに加え、帰宅は日付が変わった後。朝も早い。

さすがに疲れがたまってきたのか、ちょっぴり頬がこけたような。

「お体の調子は問題ありませんか？　もし優れないなどありましたら、休息が取れるよう調整して――」

会議室に座る祇堂さんの耳元にこっそり囁きかけると、逆に尋ね返された。

「美守さんは大丈夫？　ちゃんと休めている？」

「は……私ですか？」

正直、ゆっくり休めていないというのが現状。だが私より何倍も忙しい社長の前で弱音など吐けない。

「もちろんです」

笑顔で答えると、祇堂さんは武久さんに目配せした。

「武久、視察の後、彼女を直帰させて。夜の会食は俺と武久のふたりで行く」

「お、お待ちください！」

うろたえていると、祇堂さんは自身の目元をトントンと指さした。

「体は正直だ。せっかくの君の綺麗な顔がお疲れ気味で俺は悲しい」

もしかしてクマがバレた？　コンシーラーで隠していたつもりだったのに。

武久さんはおそらく私に興味はないが、一応こちらを見て口添えする。

「同意はしますが。あまり綺麗だのなんだのと外見にまつわることばかり言っていると、セクハラと訴えられますよ」

祇堂さんのポーカーフェイスが歪んだ。

私は慌てて「そんな捉え方はしておりませんよ」とフォローを入れる。『クマがあってひどい顔をしている』というのを優しい言葉で気付かせてくれようとしただけだろう。

セクハラとは思っていないのでご安心を、そう続けようとしたのだが。

「確かに外見だけを誇張するような言い方はよくないよな。俺は美守さんの内面も素敵だと思ってる。もちろん外見も美しいとは思うが……堂々巡りだな」

「……はい？」

「祇堂社長、どんどん墓穴を掘っているので、口を閉じて」

見かねた武久さんが止めに入る。

「気にしておりません。私もお世辞くらいは判別がつきますから」

すると、祇堂さんは妙に熱っぽい目でこちらを見上げた。

「いや、お世辞ではないよ！　本当に君は綺麗だ」

あまりにも熱心に訴えられ、お世辞だとわかっていても頬が熱くなってきた。

「もういいですから、社長。黙ってください、いろいろとだだ漏れです」

結局、会議には武久さんが付き添い、私は社長室で待機を命じられた。

私はデスクに戻りメールをチェックし、スケジューリングを再確認。

重要度の高い案件を隙間時間に埋め込んでいくと、本当に休みのない、かつかつな一日になってしまった。休息が取れるよう調整するなどと言っておきながら、いっそう詰め込んでしまって心苦しい。

せめてハーブティーでもと、祇堂さんが戻ってくるのを待ちながら準備する。

幸いにも会議が早めに終わったようで、予定時間の前に戻ってきた。

私はハーブティーとともに確認してもらいたい文書をタブレットに表示する。

「お忙しいところ恐れ入ります。急ぎ確認いただきたい契約書がございまして」

社長はタブレットを受け取りながら「お茶、ありがとう」とティーカップを口に運んだ。

「ラベンダーのハーブティー、かな？　もしかして、リラックスできるように？」

「はい。とてもリラックスできる状況ではないと、重々承知はしておりますが」

「いや、ありがとう。そういう心遣いに癒やされるよ。武久にはできないだろうから」

苦笑しながら武久さんに目を向ける。

「気が利かない人みたいに言わないでください。ちなみに、私なら栄養ドリンクを差し入れます」

「お前はそれでいいよ。でも美守さんからもらうならハーブティーがいい」

どういう基準なのだろう？　首を傾げていると、武久さんが隣の社長室に繋がるドアに手をかけた。

「わかりました。五分間リラックスタイムを差しあげます。美守さん、もしセクハラがひどいようなら報告してもらってかまいませんから」

「気遣いは嬉しいけど、人を犯罪者みたいに吹聴するの、やめてほしいな」

苦笑する祇堂さんを置いて、武久さんが部屋を出ていく。契約書の確認をしながらでは、リラックスもなにもないと思うのだが。

「契約書は後にして、私も外していた方が――」

「いや、そこにいて。書類、すぐに確認するから」

言うが早いか、すっと眼差しを険しくして電子文書に向き直る。

小難しい説明がびっしり書き込まれた契約書数ページ分を、祇堂さんはものの二分で確認し終えてしまった。

彼の処理能力には脱帽する。疲労を感じさせない集中力。さらに――。

「オーケー。基本的に問題ない。この部分の書き方だけ確認してくれる？　回りくどい。意図があるなら明確にしてほしいと伝えて」

問題も見逃さない。スピードだけでなく精度まで高くて、尊敬するばかりだ。

「かしこまりました」

私たちの新社長は信頼に足る人物。この会社の輝かしい未来を期待せずにはいられない。

「さて。三分は余ったな」

「私は席を外しますので――」

「どうして君は俺から逃げたがる？」

祇堂さんがデスクに頬杖《ほおづえ》をつき、おどけたような目を私に向ける。お仕事モードがすっかり抜けていた。

「他人がいては、リラックスできないのでは？」

しかし気にした風もなく、祇堂さんはにっこりと笑ってみせる。

「美守さんは、休日っていつもなにしてる？」

「はい？」

「リラックストーク。ただの雑談だ。で？　週末はなにしてた？」

突拍子もない質問に、一瞬まごついた。だが社長の貴重な時間を沈黙で消費するのも申し訳なく感じられ、咄嗟《とっさ》に答える。

「部屋の掃除を。服を手洗いして、アイロンをかけて……それから、たくさん寝ました」

慣れない秘書業務をこなし、週末はへとへとだった。すり減った体力を補うかのように九時間は寝た。

……本当は、秘書に関する勉強もしていたのだけれど、わざわざアピールする必要もないので内緒だ。

「おもしろみのない週末ですみません。社長はどうされてましたか？」

「俺もたいしておもしろみはないよ。半分は仕事。軽くジムで体を動かして、株や為替の値動きや市場の動向を確認して情報収集。まあ、結局はそれも仕事か」

額に手を当てて失笑する。

話を聞いて、ちゃんと休めているのか心配になった。

しかし、彼はふとなにかを思い出したかのように目線を上げる。

「でもその前の週は、ちょっと変わったことをしてたかも」

先々週の土曜日は、私は休みをもらっていたけれど、彼と武久さんは会食で帰宅が遅かったはず。日曜日の午前中は自宅からリモート会議をしたと言っていた。

午後の限られた時間でなにをしたのだろう。

「なにをされたんですか？」

「ほうとうを食べに、車で片道一時間半かけて山梨《やまなし》へ」

私はぱちりと目を瞬く。想像の斜め上をいく回答だった。

「ほうとう、ですか？」

「うん。平べったいうどんをかぼちゃと味噌《みそ》で煮込んだやつ」

子どもの頃は入院先の病院でもたまに食事に出てきたので知っている。

あの時のほうとう、美味しかったな……。

そんなことを思い出し、なんだか懐かしい気持ちになって頰が緩む。

「ほうとうはわかりますが、どうしてこの時期に？　煮込み料理が食べたくなるほど寒いわけでもありませんし、かぼちゃのシーズンもまだ先なのに」

「日曜日の昼、テレビをつけたらちょうど旅番組をやっていて、山梨のほうとうを食べていたんだよ。見てたら無性に食べたくなっちゃって」

彼は、ははっと声をあげて笑う。

今まで見せたことのない、やんちゃであどけない顔に、思わず頬の温度が上がる。いつも凛々しい彼がこんな顔をするだなんて。かわいい——と言ったら失礼になるだろうか。

慌てて表情を引きしめるも、なんだか胸がふわふわとしたまま落ち着かない。

「わざわざ山梨へ行ったのですか？　ご自身で運転されて？」

「うん。いい気分転換になったよ。往復三時間もかけて食べに行ったんだなっていう妙な満足感があった」

「……ふふ」

思わず口を押さえて笑ってしまった。探せば東京《とうきょう》だってほうとうを食べられるお店くらいあっただろうに。

でもきっと本場で食べるほうとうは、比べものにならないくらい美味しいのだろう。

「なんだか私も食べたくなってきました」

「じゃあ、今度食べに行く？」

「え？」

思わず声が裏返った。私もほうとうを食べに山梨へ？　祇堂さんと一緒に？

「と言っても、日帰りじゃせわしないよな……周辺に観光地もあったから、のんびり泊まりがけでもよさそうだ。そういえば、近くに温泉街があったっけ」

戸惑う私をよそに、祇堂さんが顎に手を添えてプランを練る。

温泉――旅行、ということ？

そういえば、会社に勤めてからは一度も旅行をしていない。大学生の頃に家族で行ったのが最後だ。

働き始めてからは体調第一で、仕事のない日はできるだけ休息していた。

長期休暇はだいたい郊外にある実家に帰省する。同じ都内にあるといっても、片道一時間半かかるので、それ自体が旅行のような感覚だったし。

……今のこの体力なら、旅行もできるかしら？

薬は欠かさず飲んでいるし、発作も最近は出ていない。

きちんと睡眠を取りさえすれば、日中多少慌ただしく動いても、熱が出たり動けなくなったりはしなくなった。

これまでは普通の生活さえできれば幸せだった。普通に学校へ行って、友達と遊んで、就職して、そんな当たり前の生活ができる体力さえあれば充分だと思っていたのに。

私も旅行がしてみたい――そんな贅沢《ぜいたく》な願いが湧き上がってくる。

「もし美守さんさえよければ、ちょっと急だけど五月の休暇にでも──」

言いかけて、ふと祇堂さんが固まる。

「いや……これって完全にセクハラか……?」

ぶつぶつ独り言を漏らす彼。

一方私は私で悶々《もんもん》と考え込んでいた。旅行に行ってみたい。ほうとうも食べたいし、温泉にも興味があるし……。

「ぜひお願いします!」

「ごめん、今のはなかったことに──」

結果、ふたりの声が重なった。お互い「え」という声を漏らして顔を見合わせる。

了承した瞬間、なかったことにされてしまった……。

というか、冷静に考えてみれば旅行以前の問題で。男性とふたりで温泉旅行。しかも社長と。これは会社的にも個人的にもいろいろと問題ありありだ。

「す、すみません。私ったら真に受けてしまって!」

「いや、違うんだ! 俺は本気だが!」

祇堂さんが慌てて弁解する。気まずいったらない。

「ただ……軽々しく誘って悪い。上司からこんなことを言われたら、断りたくても断れないだろう?」

上司というか、もはや社長ですけども。

でも不思議と社長だからイエスと答えなきゃとか、一緒に行くのが苦痛だとか、そういう考えはなかった。

祇堂さんとなら素敵な旅行ができると思ったのだ。男女のどうこうをまったく考えなかったあたりは、我ながら軽率としか言えないのだが。

お互いばつが悪い顔をしてうつむく。

困り果て沈黙していると、祇堂さんがおずおずと顔を上げた。

「……もし俺が社長じゃなくて上司でもなくて、ただのひとりの男だったら、イエスって言ってくれてた?」

パチパチと二度三度、目を瞬く。私の顔色をうかがおうとする彼が、なんだかかわいらしくて。

でもためらいのない真っ直ぐな眼差しは、男らしくてカッコよくもあって。

いつもは気後れしてしまうその瞳も、今は魅力的に見えた。

「私は祇堂さんが社長だからとか上司だからとか、そういう理由で行動を変えたことはありません」

彼が対等な立場の人間だったとしても、きっと尊敬するし、力になりたいし、そばにいたいと思う。

彼が安堵したように柔らかく微笑む。

「よかったら、慰安旅行に行かないか？　一泊二日、ほうとうと温泉付きで」

「ぜひ、ご一緒させてください」

いつもは苦手に感じるその真っ直ぐな眼差しを受け止められるようになったのは、この三週間、彼をそばで支え続け、自分に自信がついたからかもしれない。

もちろんまだまだ秘書としては未熟だけれど、このまま頑張ればいつか彼を支えられる存在になれる、そんな希望が見えた。

シンプルに彼との距離が縮まったのもあるだろう。

ノックとともに武久さんが戻ってくる。

「ご褒美タイムはおしまいです」

部屋に入ってきた武久さんは、祇堂さんの顔を見てひくりと片目を眇《すが》めた。

「見るからに顔色がいいとか……効果は栄養ドリンク以上ですね」

ハーブティーの話だろうか？　祇堂さんは苦笑いを浮かべている。

そんなふたりをきょとんと見つめていると、武久さんの神経質な目が今度は私の方を向いた。

「美守さんまで、そんな顔をして」

「はい？」

「いえ、なんでもありません。切り替えていきましょう」

武久さんがパンパンと手を叩く。

私はどんな顔をしていたのだろう？　気恥ずかしくなって姿勢を正す。

「美守さん。そろそろ東寺銀行の清水専務がご到着する時間です。お迎え、お願いできますか？」

「はい、承知しました！」

来客を出迎え、ここまでお連れするのは私の仕事だ。

ふたりに一礼すると、気分を一新し、張り切って執務室を出た。


その日の夜、私は臨床研究センターの視察を終え直帰した。というか、業務命令で帰らされた。

「途中で帰されてしまったのは悔しいけど、社長の判断は正しいわ」

体力ゲージがほぼゼロだ。スーツのまま、バタンとベッドに倒れ込む。

このまま働き続ければ、いつまた熱やめまいを起こしていても不思議ではなかった。

精一杯頑張りたい気持ちはあるけれど、倒れては元も子もない。それどころか、周囲に迷惑をかける。

病の件が発覚し、会社にいられなくなるかもしれない。

「倒れる前に、きちんとセーブしなきゃ」

就任直後だから忙しいけれど、二カ月、三カ月と経てば次第に落ち着いてくるだろう。今はデスクワークをメインにしている社長室のメンバーも、もう少し余裕が出てくれば第三秘書、第四秘書としてサポートに回ってくれると言っていた。

「勉強する時間も取りたいけれど……」

視線の先にある本棚には、秘書業務や経営の本が並んでいる。

異動が決まってから、足りない知識を補うために慌てて揃《そろ》えた。

「まずは体調を整えるところからよね」

軽く食事をして、洗い物をして、洗濯をして、シャワーを浴びて……そんな段取りを練っている間に、疲れでうとうとしてきた。

強烈な眠気は毎日飲んでいる薬の副作用でもある。とくに疲れがたまっていると、眠気を感じやすい。

ひとり暮らしのため、ひとりでこなさなきゃならない家事も多い。疲れるのは当たり前ではあるけれど。

「実家暮らしの方が負担は減るけど、片道一時間半の通勤はつらいのよね」

実家から会社に通うという選択肢もあったが、電車やバスの通勤ラッシュに揉まれるとかなりの体力を消耗する。

職場の近くに家を借りてひとり暮らしをするのがベストだと判断した。

実際、体力の消耗も抑えられている。その分、家事も増えたが。

「お母さんのありがたみぃー……」

呟きながら、いつの間にかベッドに撃沈していた。

なんとか日々をこなし、五月上旬の大型連休がやってきた。

社長室は新体制を敷いたばかりで誰もが忙しく、休暇を取るのも難しかったが、メンバーがローテーションで休みを取るかたちになり、私も四連休を確保した。

一番忙しい祇堂さんは、私の休暇に重ねてなんとか二連休を確保してくれた。

とにもかくにも、休暇をゲットした私たちは『一泊二日、温泉とほうとう付き慰安旅行』を決行することになった。

「考えてみれば、私、家族旅行以外経験していないのよね」

友達と旅行に行った経験すらない。

学校の修学旅行だって行けなかった。当時はほぼ寝たきりだったから。

赤の他人と、しかも上司であり社長でもある祇堂さんとの旅行。失礼なく過ごせるだろうか。

今さら不安になってきて、自宅のパソコンの前で頭を抱える。

「世間知らずがバレないようにしないと。助手席のマナーを調べて……温泉にマナーはあるかしら？　旅館に泊まった経験くらいならあるけれど」

知らないことがたくさんで、調べることもいっぱい。頼みの綱は検索サイト。

そもそもなにを着ていく？　新調する時間もないから、クローゼットの中で見繕わなければ。

「でも……楽しい」

こんなわちゃわちゃする時間すら楽しいと思う。生きているんだって感じがする。

「あの頃は、こんな人生が待ち受けているだなんて思わなかったもの」

私が三歳の頃。母は医師から『星奈ちゃんの命はもってあと五年』と言われたそうだ。

私が抱えている病は遺伝性の疾患で、発熱や全身の倦怠《けんたい》感、動悸やめまい、炎症による胸痛や腹痛を起こす難病だ。

炎症を抑えるはずの副腎皮質ステロイドも効果がなく、症状を緩和する薬は存在するが、根本的な治療法は見つかっていない。

とにかく謎だらけの病で、患者数も少ないことからサンプリングが難しく、治療法を確立するには気の遠くなるような年月が必要なのだそうだ。

幸い優秀な医師の指導のもと、長期間闘病を続け、症状を抑え込むのに成功した。

それでも担当医からは『いつまた悪化するかわからない。二十歳まで生きられたら御の字』と言われていて、とうに余命を越えている。

普通の生活なんて、とっくにあきらめていたのに――。

「これが私の憧れていた、〝普通〟なのね……」

幼い頃、世界は窓の外だけで回っているのだと思っていた。

熱を出しては入退院を繰り返し、私は病室から外界を眺めるしかできなかったから。

その中に飛び込めるなんて、思いもしなかった。

今ここで人生が終わっても悔いは残らないと思う。精一杯生きたと誇れる人生を送れている。

もちろん、可能な限り長生きできるように頑張るつもりではあるけれど。

やっぱり窓の内側にいるのは寂しい。たとえこの身がすり減ろうとも、外に出たい。

「叶うならもう少しだけ……」

普通を味わって生きてみたい。そう思うのは贅沢だろうか。

第四章　全般的に初めてなのでどうぞよろしくお願いします

一泊二日、温泉とほうとう付き慰安旅行当日。

祇堂さんは車で自宅まで迎えに来てくれた。彼の車はスマートで実用性重視。パールのようなさりげない輝きを放つホワイトのセダンだ。

「ふつつか者ですが何卒よろしくお願いいたします」

ボストンバッグを手に大きく頭を下げる私を見て、祇堂さんは「美守さんはふつつか者じゃないよ」と笑って荷物を預かってくれた。

彼はグレージュのさらりとした素材のテーラードジャケットにホワイトのインナーを合わせていて、ボトムにはブラックのスラックスを穿いている。

会社で見るフォーマルな彼もカッコいいけれど、ラフな彼も素敵だ。無造作なミディアムヘアがあどけなくて、社長という肩書きを忘れてしまいそうになる。

こんなにドキドキしてしまうのはなぜだろう。私服に驚いたから？

しかし、驚いているのは私だけではなかったようで――。

「美守さんって、こうしているとお嬢様って感じだね。普段はパンツスーツだから堅い印象があるけれど、今日はふわふわしていてかわいい」

私のロング丈ワンピースを見つめて言う。

白い薄手のブラウスの上に、グレージュのノンスリーブワンピを合わせた。

貴重品はカーキの斜めがけバッグに。着替えなどはブラウンのボストンバッグに詰めて、今は後部座席に置いてある。

ふと彼が深刻な顔で考え込む。

「……〝服装がかわいい〟もセクハラにあたるのか？」

「あの、社長。旅行中は、セクハラと言うのはナシにしましょう。私は別に、社長になにを言われても気を悪くしません」

コンプライアンスとは言うけれど、服装を褒められたからって嫌な気分にはならない。むしろ彼に褒められれば単純に嬉しい。

「じゃあ君も。社長はナシで」

そう言って助手席のドアを開けてくれる。私は「わかりました」とシートに座った。

「……服、なんだか色が被っちゃってすみません」

ブラウスとワンピの色使いが、彼のジャケットとインナーの組み合わせと同じ。恥ずかしいと思われていないといいのだけれど。

「リンクコーデみたいでいいんじゃないか？」

運転席に回り込みながら彼が言う。

「兄妹みたいに見えますかね」

「そこは恋人同士だろう」

祇堂さんがちょっとムッとした様子で、口を尖らせた。

「君は本当に俺と距離を取ろうとするよな。セクハラと言うのはナシって、社交辞令だったのか？」

「社交辞令じゃありませんよ。セクハラとは思っていません。恋人と表現するのは、さすがに失礼かと思って」

丁寧に回答すると、祇堂さんはエンジンをかけながら「ガード、固そうだな」とぽつりと呟いた。

「ガードレールが……どうかしました？」

「いや、なんでもない。こっちの話」

車が走り出す。ふと横を見ると、フラットな表情で運転する彼が間近にいて、これは……と息を呑んだ。

すごく整った顔。顔がいいのはわかっていたはずなのに、ここまで直視する機会なんてなかったから、知っているようで知らなかった。

運転中の横顔なら見放題。いや、そんなに見ては失礼かしら。それこそセクハラ？　しかも、距離が近い。気付けば密室にふたりきり。

なんだか急に動悸がしてきた。出だしから体調不良だなんて困る。

交差点の信号が赤になって、祇堂さんはゆっくりとブレーキを踏んだ。

車が停止した瞬間、ふと彼の目がこちらに向いてドキリとする。

「姿勢、もっと楽にしてて。疲れるだろ？」

「あ……そう、ですね」

気が付けばピンと背筋を張っていた。息を吐きながらシートにもたれかかる。

「もし道案内が必要になったら言ってください、地図を見ますから」

「ナビがあるからなんとかなるさ。今日は出だしから気を遣いすぎじゃない？　もっと楽にいこう」

祇堂さんの微笑みに肩の力が抜ける。

多分私、空回っているんだわ。気を遣っているようで遣えていない。むしろ、遣われている。

失礼がないように旅行やドライブのマニュアルをたくさん読んできたけれど、やはり座学と実体験ではまったく違うようだ。

「助手席のナビゲートも至らず申し訳ありません」

「言っているそばから気を遣いだしたな」

青信号になり、祇堂さんが苦笑しながら運転を再開する。

私の気が回らないばかりに、楽しい旅行にならなかったら申し訳ない。

「その、お恥ずかしながら、私……初めてなんです。経験がなくて」

「は？」

祇堂さんが少々驚いた顔でこちらにちらりと目を向ける。

「その、家族以外の方との旅行とか、ドライブとか」

補足すると、彼はなぜか声を裏返らせながら「ああ……そういうことか」とフロントガラスの向こうに目線を戻した。

「その……変ですよね。この歳で初めてなんて」

「いや、そんなことはないと思うけど……」

「至らぬ点もあるかと思いますが、ご指導のほどよろしくお願いいたします」

祇堂さんは額に手を当てて物憂げな顔をする。

「初めて、ね。言葉の破壊力がすごいな。他意はないんだろうけど」

「はい？」

「なんでもないよ。オーケー。俺も誰かと旅行なんて久しぶりだし、楽しもう」

笑顔で了承してもらえて、私はホッとする。

「でも、気遣いはナシ。慰安旅行で疲れたら元も子もない」

「では祇堂さんも気遣いはしないでくださいね」

「いいよ。それでいこう」

雑談を交わしながら目的地に向かう。

途中、山が綺麗に見えるパーキングエリアで小休憩。都心から少し離れるだけで、空気が驚くほど気持ちいい。都心では味わえない緑の香りがする。まだ目的地でもないのに、はしゃいでしまった。

「美守さん、桃好き？　白桃ソフトがあるよ」

「好きです。さすが山梨ですね」

ふたりで淡い桃色のソフトクリームを食べながら休憩する。空は真っ青で、気温も五月にしては高めだが、吹く風がひんやりして心地よい。

「最高です……」

「感動するにはまだ早いよ、到着してもないのに」

「私は滅多に東京を離れませんから、これだけで新鮮です。祇堂さんは先日来たばかりですもんね？」

すると、白桃ソフトよりも糖度の高い笑みが降ってきた。

「俺も今日は格別。美守さんが隣で笑っててくれるから」

心臓がムギュッと鷲《わし》掴みにされたような息苦しさを覚える。

一応主治医からは『過度な運動や、急激に血圧が上がるようなことはしないように』と言われている。

もしかして、非日常に興奮して血圧が？

「美守さん？　急にうつむいてどうしたの？」

「ごめんなさい、ちょっと白桃ソフトに感動しすぎて」

「え、大丈夫？」

うつむいた私の背中を祇堂さんがさする。こんな時まで優しすぎて、なんだか余計に息苦しくなってきた。

「ありがとうございます。大丈夫です」

「車に戻れそう？」

彼がすかさず右手を差し出す。ぽかんとして見上げると、困ったように苦笑して私の左手を取った。

「こういう時は、こう」

自身の手に私の手を重ねて、きゅっと握る。冷たいものを食べて冷えきっていた体に、彼の熱がじんわりと伝わってくる。

驚いて、思わず重なった手をぼうっと見つめてしまった。

「手を繋ぐのも、初めてだった？」

「……はい」

他人と、ましてや男性と手を繋ぐのは初めて。

「またひとつ、新しい経験ができたね」

私が立ち上がるのを手助けして、一歩先をゆっくりと歩き出した。車まで五十メートルくらいだろうか。わずかな時間が妙に長く感じられる。

「不思議ですね」

「ん？」

「ご迷惑をおかけして申し訳ないはずなのですが」

わざわざ手を引いてもらって、恐縮するのが普通だと思う。けれど——。

「なんだか、嬉しくて」

彼が頼もしいからだろうか。他人からこんなに優しくしてもらったのが初めてだから？

……初めて？

ふと胸につかえるなにかがあって、眉をひそめた。自分よりも温かくて大きな手に引かれたことが、過去にもあった気がして。

思い出せそうで思い出せない不思議な記憶。ただひとつ確かなのは、彼と手を繋いでいるととても落ち着くということ。

その時、するりと左手が解かれた。

彼はすかさず腰に手を回し、私を抱き支える。

あまりの距離の近さに一瞬息が詰まり、次の瞬間、また鼓動がばくばくと忙しなく鳴り始めた。

「申し訳ないって言われるより、嬉しいって言われる方が俺も嬉しい」

頭の上でそう切なげに囁かれ、少しだけ平静を取り戻し考える。

当然だ。親切をしたら「ごめん」より「ありがとう」と言われた方がいい。

慇懃無礼になっていたのだと気付き、私はこくんと空気を呑み込むと、気持ちを切り替えて彼の目を見つめた。

「ありがとうございます。……嬉しいです、とても」

「こちらこそ。エスコートさせてくれてありがとう」

百合の花のように上品な笑みを湛《たた》えながら、彼は助手席まで丁寧に案内してくれる。

まだ鼓動はドキドキしたままだ。これは体調不良からくる動悸ではなく、別の理由——祇堂さんが原因なのではないかと、そんな気がしてきた。

同時に、このドキドキは嫌なものではなく心地よいものだと自覚する。

「祇堂さん」

「ん？」

運転席に回り込んだ彼と目線を交わらせる。彼の真っ直ぐな眼差しを受け止められている自分に気付き、驚く。

ううん、ちょっと違うな。彼を見つめていたい気持ちが膨れ上がっているんだ。彼には人を惹きつける魅力がある。

「どうかした？」

私に視線を向けながら、シートに腰を下ろし、慣れた仕草でシートベルトを引く。ハンドルに片手を置いてシフトレバーに触れた。

ナチュラルな微笑とスマートな身のこなしに胸が高鳴る。

「……いえ。運転、よろしくお願いします」

「ああ。任せて」

祇堂さんはゆっくりとアクセルを踏み込み加速した。


パーキングエリアを出発し、目的地へは一時間とかからず到着した。

山の上の温泉街。宿に向かう前に、古民家風の食事処で少し遅めの昼食を取る。

鍋にはかぼちゃと味噌が利いた甘くてコクのあるスープに、椎茸《しいたけ》やニンジンなどの野菜とほうとうが入っている。

「熱っ」

あまりにも美味しそうなので気が逸ってしまった。舌がひりりと痛む。

「大丈夫？」

祇堂さんがお水の入ったグラスを取ってくれる。

「ありがとうございます。熱いけど、美味しいですね」

かぼちゃがたっぷり蕩《とろ》けていて、すごく美味しい。

お水で舌を冷やした後、取り皿に盛ったほうとうにふーふーと息を吹きかける。

ほうとうを見ると、入院していた頃を思い出す。病院のご飯は簡素だったけれど、たまに出るほうとうはすごく美味しくて、私のお気に入りメニューだった。

「子どもの頃、ほうとうって大好きだったんです。当時食べたのも美味しかったけど、これはもっと美味しい」

「そう言ってくれてよかった。山梨まで来たかいがあったよ」

祇堂さんは漆器の丸いれんげでスープをすくい取り、上品に口に運ぶ。

「冬じゃなくても、ほうとうは美味しいだろ？」

「本当ですね。体に染み渡って、整う感じがします」

庭が見える和室や囲炉裏の跡も風情があって素敵だ。都会の日常にはない、ゆったりとした時間が流れている。

この空間自体がここまで足を運んだご褒美なのだろう。

「来てよかったです。本当に」

得がたい経験だと思う。頷く私を見て、彼も満足そうに目を細める。

「俺も。君を誘ってよかった」

ゆっくりとほうとうを味わった後、私たちは店を出て宿泊する旅館に向かった。

ちょうど三時、チェックインの時間だ。

連れていってくれたのは、老舗の高級温泉旅館。

フロントで貴賓室と書かれた鍵を見せられ、それってすごく高い部屋だよね？と目をパチパチさせる。

しかも鍵はひとつだけ。まさかの同室⁉

貴賓室は本館から中庭を隔てた離れ屋にあるという。中庭の端を通る回廊を歩きながら、ちらりと祇堂さんを見上げる。

すると彼は、懸念に気付いたのか苦笑し、前を歩く仲居さんに気付かれないように小声で囁いた。

「寝室はふたつあるから安心して。奥の洋室なら鍵もかかるそうだから」

布団をふたつ並べて寝るわけではないようだ。ちょっぴり安心した。

辿《たど》り着いた貴賓室は、その名にふさわしい最高級の一室。部屋というより別邸と表現する方が近い。

居間も寝室も複数あり、露天風呂までついているという。ここまで立派だともはや同室うんぬんという概念も通用しない。

仲居さんにひと通り部屋を案内されたけれど、広すぎて頭に入ってこなかった。

「こんな豪華なお部屋、泊まってもいいんでしょうか」

行っても行っても部屋がある、そんな印象だ。

「知り合いの伝手でね。いい部屋を手配してもらえたんだ」

なるほど、さすが社長だ。伝手のスケールが段違い。

「あのっ、もう一度、お部屋を見て回ってきてもいいでしょうか」

好奇心に耐え切れずそう声をかけると、祇堂さんは「どうぞ」と笑った。

中に入ると、まずは大きな和室。その隣には和と洋が上品に交じり合ったモダンな寝室。さらに奥には洋風のソファやテーブルが置かれたリビングスペースがあり、もうひとつの寝室に続いている。

「すごい……富士山《ふじさん》が綺麗に見えますね」

リビングの窓からは絶景が望めて、息を呑む。山の上だけあって見晴らしがいい。

天気もよくて、富士山の輪郭がくっきりと見えた。

そういえば小学校の修学旅行も富士山の近くだったっけ。

その頃は入院してばかりで、修学旅行は夢のまた夢だったけれど、もしも参加していたらこうして富士山を間近で眺めていたのだろう。

「俺もこの旅館は初めて来たんだけど、ここまで綺麗に見えるなんてすごいな」

リビングのガラス窓を開けバルコニーに出ると、澄んだ空気が心地よく、風に心が

過ごそうか」

「まだ夕食まで時間があるけれど、辺りを散歩してみる？　それとも部屋でのんびり過ごそうか」

洗われるようだった。


　祇堂さんが時計に目を落としながら尋ねてくる。

　せっかく見知らぬ土地に来たのだから、周囲を散策してみたい。だが調子に乗って体力を消費しすぎると体調を崩してしまうかも……と懸念がよぎった。

「せっかく素敵な宿を取ってくださいましたし、ここでゆっくり過ごしませんか？」

　彼は散策したいと思っていただろうか。申し訳ない気持ちで滞在を選択すると。

「そうだね。せっかくの慰安旅行だし、のんびり体を休めよう。俺も運転して少し疲れた」

　彼は大きく背伸びをして体をほぐす。

　私がどちらを選択しても、彼はきっと賛同してくれただろう。『運転して少し疲れた』は本音かもしれないし、私に合わせてくれたのかもしれない。

　でも「ごめん」よりも「ありがとう」と言おうとさっき心に決めたばかり。彼の優しさに素直に甘えさせてもらおう。

「確かティーセットのルームサービスがあったはず。お茶を飲みながら景色を堪能しようか」

私の手を引いてデッキチェアに座るよう促すと、彼は一度リビングに戻りフロントに電話をかけた。

しばらくすると、仲居さんが茶菓子セットを持ってきてくれた。

山梨県産のお茶に葡萄《ぶどう》味のマカロン、桃が練り込まれた饅頭《まんじゅう》、地酒で作ったケーキなど、名産品を使ったスイーツが並ぶ。

「なんだかすごく、贅沢な時間になりましたね」

彼が休息を華やかなティータイムに変えてくれたので、申し訳なさなんて吹き飛んでしまった。

景色を眺めながらマカロンを頬張り、ふと視線に気が付く。

デッキチェアにもたれる彼が、ジッとこちらを見つめていた。

「俺にとっては、こうしていられるのが一番贅沢なんだけど」

せっかく綺麗な景色が目の前に広がっているのに、なぜか私を見つめてそんなことを言う。

「祇堂さんも食べてください。このマカロン、すごく美味しいですからっ」

照れをごまかすように強引にお菓子を勧め、彼の目を逸らそうと試みる。

そう言ってお菓子を頬張るも、なぜかその後も彼は私の方を見てばかりだった。

「うん、美味しい」

頬にひんやりとした風があたり、目が覚める。

気が付くとデッキチェアの上でブランケットを被っていた。

ついさっきまで祇堂さんと談笑しながらお菓子を摘まんでいたはずなのに、いつの間にか日が傾いている。

そうだわ、祇堂さんが電話に出ると言って離席して……。

待っている間に眠ってしまったのだろう。慣れない場所に来て疲れたせいか、薬の副作用が強く出ているみたいだ。

私にブランケットをかけてくれたのは、きっと彼。そして当の彼は隣のデッキチェアで私と同じく眠り込んでいる。でも、自分にはなにもかけなかったよう。風邪を引いてしまわないか心配になってきた。

チェアから起き上がり、ブランケットを持って彼のもとに近付く。

隣にしゃがみ込み、ブランケットをかけようとしてぴたりと動きを止めた。

あまりにも綺麗な寝顔に、目的も忘れてジッと見入ってしまう。

今はすやすや眠っていて、どこかあどけない。でもやっぱりキリッとした精悍《せいかん》さもあって、素直にカッコいいと思う。

これまで男性の好みなんてあまり考えなかったけれど、私はひょっとすると、こういう顔が好みなのかもしれない。

ううん、きっと顔だけじゃない。祇堂さんだから好きなんだ。彼が優しくて、気遣い上手で、尊敬できる人間だから、輪をかけて魅力的に見えるんだ。

それってもしかして、私にとって祇堂さんは特別ってこと？

ぼんやりと考えを巡らせながら、眠る彼の横顔を見つめていると。

彼の目がぱちりと開き、思わず「ひゃあ」と尻もちをついた。

「えっ、美守さん？　大丈夫？　っていうか、ごめん。俺、寝てた……」

珍しく祇堂さんが慌てふためいている。

気付かないうちに寝入ってしまっていた上に、起きると目の前に私がいて、変な声をあげてひっくり返ったからだろう。

「こ、こちらこそ！　眠ってしまってすみません」

ブランケットを抱きしめて平謝り。見つめていたのがバレて恥ずかしい。

すると、頭上からくすくすという笑い声が降ってきた。

「青空の下でお昼寝、気持ちいいよな。って、もうすっかり夕方だけど。美守さんはいつから起きてた？」

「今、です。その、ブランケットをかけようと思って」

おずおずとブランケットを差し出すと、彼はそれを受け取り、私の肩にかけ直した。

「君の方こそ、風邪引かなかった？」

「はい、おかげ様で」

「よかった。少し冷えてきたね。中に入ろう」

さりげなく手が繋がれる。私の手を引く彼に「あの」と声をかけた。

「ありがとうございます。でも、その……祇堂さんの方こそ、疲れちゃわないでくださいね？」

彼のエスコートは加速するばかり。今だってこうして、手を繋いでくれている。彼の負担にならなければいいのだが。

彼はリビングに入ると、寝室を通り抜け和室に向かって歩き出した。

途中振り向いて、眉尻を下げてふわりと微笑む。

「好きでしているのに疲れたりはしないよ」

手にキュッと力を込められ、とくんと鼓動が音を立てる。

「もっと甘えてほしいくらいだ。好きな人に頼りにしてもらえたら嬉しいだろ？」

好きな人だなんて――そんな紛らわしい言葉選びをするのは反則だ。

「えっと……」

その好きは友人として、あるいは部下としてですよね？　それとも……。

尋ねたいけれど尋ねられないまま、歩みを進める。

和室に辿り着くと彼は振り向き、熱っぽい眼差しをエスカレートさせた。

「それとも、これは一方的な好意かな。君は俺をなんとも思ってない？」

心の中で、まさかと繰り返し唱えてしまう。

祇堂さんは私に好きって言ってくれようとしている？　女性として？

ううん、そんなわけない。彼のように素敵な人が私を好きになる理由がない。

どこまで真に受けていいの？

「とんでもない。私も祇堂さんを……尊敬しています」

「今、どうして『好き』って言葉を使ってくれなかったの？」

動揺し、目が泳ぐ。『好き』を使わなかった――使えなかったのは、自分に自信がないからだ。

私の『好き』と祇堂さんの『好き』は、別物かもしれない。彼を困らせたくない。

「尊敬ってつまりは、仕事上慕ってくれているってことだよね。男としては興味がないって言われたみたいで傷つくなあ」

彼が苦々しい表情で呟く。

私はジャケットの裾を掴んで、咄嗟に「違います！」と声をあげた。

「その……社長としての尊敬も、もちろんですけど、私は……」

優しい祇堂さんが好き。そんな簡単なひと言がどうして声に出せないのだろう。

思えば、これまで誰かに好意を伝えた記憶がない。

『ありがとうございます』『助かります』『嬉しいです』そんな感謝の言葉を使う機会ならたくさんあったのに、なぜか『好き』だけが言えない。

「……す」

「す？」

思わず漏れそうになった言葉をごくんと呑み込み、軌道修正する。

「す、素敵だと思っています。社長としても、ひとりの男性としても」

悩ましいワードを回避して伝えると、突然、頬を両側から挟み込まれた。

驚きで目がぱちくりする。

「客観的な評価じゃなくて、俺をどう思っているかを知りたいんだけど」

「どうって……」

額がぶつかりそうなほど顔を近付けて、呆れたような半眼で私をジッと見つめる。

なぜこんなに近いの？　どうして怒っているの？

わけもわからずおろおろしていると、やがて彼が口を開いた。

「セクハラって言うのはナシでよかったんだよね？」

「は、はい」

「なら、遠慮なく言わせてもらう。好きだ」

「は？」

耳を疑うような台詞に頭の中が真っ白になる。

「ひたむきな君が好きだ。努力家で、一生懸命で、充分優秀なのに自分を過信しない慎ましやかなところも」

「え、ええと……」

「いつも笑顔で愚痴ひとつ漏らさない強さも。ころころ変わるかわいらしい表情も――」

「ま、待ってください、待って」

慌てて手を前に突き出して制止する。突然鬼のように褒められて理解が追いつかない。

「わ、私はそんな、祇堂さんに褒めてもらえるような立派な人間じゃ――」

「褒めたいんじゃない」

優しかった表情が一転して真摯なものになった。

普段ならたじろいで逃げ出してしまうような鋭い眼差しだが、今は逃げるどころか、体が縫いつけられたかのように動けない。

「俺の目から見た君を、正直に伝えているだけだ」

じんわりと心が痺《しび》れる。甘くて、蕩けそうで、なのにひりついて息苦しい。

「応えられないならそれでいい。ただ、君を大切に思っている男がいるって覚えておいて」

「祇堂さん……」

見つめ合う瞳から、彼の気持ちが伝わってくる。

これまで、どうしてこんなにも優しくしてくれたのか、気にかけてくれたのか、その理由に気付きハッとする。

私を好きになってくれたから？

いつも真っ直ぐなあの瞳は、私を追い詰めようとしていたわけではなくて、私と真剣に向き合おうとしてくれていたんだ。

「祇堂さん、私――」

口を開いた瞬間、彼の人差し指が唇にぴたりと当たった。

冷静になった目で「答える前に、ひとつ聞いてくれ」と言い添える。

「君を社長室に招いたのは俺の個人的な感情からじゃない。仕事ぶりや業務への姿勢を見て判断した。武久も君を評価しているよ。だから、仕事とは分けて考えてほしい」

もちろんわかっている。彼は公私混同するような人じゃない。

今だって、私が拒みづらくならないように逃げ道を用意してくれているのだ。

彼の熱っぽかった眼差しが途端に冷めてしまい、なんだか悲しくなった。

「迷惑なら聞かなかったことにしてくれてかまわない。今まで通り、社長と秘書として――」

「やめてください……」

首を大きく横に振る。

これ以上逃げ道を作らないでほしい。私だって、彼に惹かれているのだから。

一緒に過ごした時間の分だけ、彼への想いがふわふわと膨らんでいった。

最初は雲のように曖昧で形がなく、憧れにも似た感情で、鈍感な私はピンとこなかったけれど。好きだと言われて、言葉では言い表せないほど嬉しい自分に気が付いて、今ようやくこの想いがはっきりと形になった。

「聞かなかったことにはしません。私だって、好きだから……」

この舞い上がるような感覚は恋だ。私は彼に恋をしてしまった。

「祇堂さんが社長だからとか、仕事に影響があるからとか、そんな気持ちで答えているわけではないんです。たとえ祇堂さんが社長じゃなくたって、私は好きになっていたと思うから」

「美守さん……」

私が言葉を紡ぐごとに、彼の眼差しが熱を取り戻していく。私の手をきゅっと握り、真剣な表情で声を押し殺した。

「君も俺を男として好きでいてくれている、そういう解釈でいい？」

「……はい」

よりいっそう照れてしまって、消え入るような声で答える。

彼は私の困り果てた顔を覗き込み、堪能するかのようにうっとりと微笑んだ。

「かわいいな、その顔。もっと見ていてかまわない？」

「これは困ってる顔です。もう、人が真面目に答えたのに」

「だって言質が取れちゃったから――」

くすっと小さく微笑んで、頬に手を伸ばしてくる。そっと引き寄せ、自分の顔の前に持っていった。

「遠慮する必要がなくなった」

腰に手を回され、一瞬体がふわりと浮き上がる。抱き支えられ、彼の整った顔が目の前に迫ってきた。

彼が顔をゆっくりと傾けながら、唇を緩めて――。

触れ合う、まさにその時だった。

ピンポンとどこか間の抜けた音が鳴り響く。私たちはキスの直前で固まり、目を丸くした。

「今、チャイムが……」

「ああ。多分、スタッフが夕食を持ってきてくれたんだろう」

腰に回っていた手が解かれ、ふたりの距離がいつも通りになる。急にすかすかして、自身の肩を抱いて小さくなった。

彼は気まずそうに頬をかく。

「お預け、くらっちゃったな」

「……ふふっ」

思わずふたりで笑い合う。

なんて残酷なタイミング。私たちのファーストキスを邪魔するなんて。

名残惜しい気持ちを抑え、ふたり揃って玄関に向かった。

第五章 愛し合いたくて、愛し合えなくて

食事は山の幸をメインにした和風会席。華やかなお料理がテーブルの上を彩る。

メインは和牛のしゃぶしゃぶに鮎の塩焼き、山菜の天ぷら。

他にも湯葉のお刺身や玉葱《たまねぎ》のしんじょう、根菜が彩りよく盛られた八寸に、きのこや椎茸、茄子《なす》、フキなどの入った煮物椀《わん》、竹の子をたっぷりと使ったご飯やお味噌汁。

デザートには特産のお茶で仕立てた抹茶ティラミス。

食べきれないほどたくさんのお料理をいただいて、これ以上の幸せはない。

お腹だけでなく、心が満たされた気がした。

「こんなに豪華なお夕飯は初めてです」

仕事上、秘書として会食に付き添い、高級なお料理を食べる機会もある。

でも、今日のこれは別格。旅館という特別なシチュエーションで、好きなものを好きなだけのんびりといただける。

祇堂さんとふたりきり、美味しさに感動すれば分かち合える。

満足すぎて思わずお腹を押さえると、彼がくすりと笑って食後のほうじ茶を飲んだ。

「俺も。こんなに楽しい食事は初めてだ」

美味しいではなく楽しいと言ってくれたのは、料理だけでなく私と過ごす時間に満足してくれたからだろう。

「私もです」

ふと想いを告げ合った一件を思い出し、ほんのり頬が熱くなってくる。

好きな人ができるなんて思わなかったし、その人が私を好きになってくれるとも思わなかった。こんな奇跡があるなんて。

やっぱり長生きはするものね、と歳に似つかわしくない感動を覚える。

とはいえお互いの気持ちを確認したはいいが、この先、彼とどんな付き合い方をしていけばいいのだろう？　交際しようという話も出ていない。今、私たちは友達以上――いや、秘書以上恋人未満といったところか。

どんな顔をして、どんな言葉で向き合っていこう。いきなり慣れ慣れしくするのも違うだろう。かといって、普段通りに接するというのも寂しい気が。

祇堂さんと、もっと近付きたい――。

そんな欲深い思いを抱えて戸惑っていると、彼がにっこりと微笑みかけてきた。

「食事を堪能したし、あとは露天風呂かな。一緒に入る？」

「っ――」

予想を超えた向き合い方を提案され、ほうじ茶を噎《む》せそうになる。

次のステップを考えてはいたけれど……キスすら未遂で終わっているというのに、いきなり裸の付き合いから始めるの？

困惑していると、彼がくすくすとどこか申し訳なさそうに笑った。

「ごめん、冗談だよ。好きな時に入って。俺はもう少し休憩してからにするから」

そうよね、と波立つ心を落ち着かせる。この優しくて気遣い上手な彼が、そんなにぐいぐい来るわけないもの。

「じゃあ、お先にお風呂、いただいちゃいますね」

「ごゆっくり」

私はそそくさと和室を離れ、寝室に着替えを取りに行く。

それにしても、表情ひとつ変えずに冗談を言うのね……。

動揺していっぱいいっぱいな様子すらかわいいとでも言いたげな顔で、私をにこにこ見つめていた。

気持ちが通じ合った途端、足元を見られて遊ばれてしまうなんて。彼はちょっぴり意地悪な一面があるのかもしれない。

想いを伝え合った以上、これから彼の意外な一面をたくさん見ていくのだろう。

リビングの隣にある引き戸を開けると洗面所や脱衣所があって、その先に浴室がある。さらに外へと繋がるドアがあり、露天風呂へと出られる。

まずは浴室で髪と体を洗い流す。

備えつけられているソープやエステ用のスクラブは、高級ブランドのものを使用していて、かわいくてゴージャスなパッケージにきゅんとした。香りもエレガントで気分が上がる。

こうした日用品にお金をかける発想はあまりなかったけれど、ちょっぴりこだわってみるとバスタイムが優雅で心地よいものになるかもしれない。

自宅で使っているソープといえば、薬局で安売りしているものばかり。家に帰ったら奮発していいボディーソープを買ってみようかな、なんて思った。

そんな新しい発見だらけの旅行が、もう半分終わってしまう。

残りあとわずか、それでもわくわくが止まらないのは、喜びを分かち合える人が隣にいるからだ。

祇堂さんと、もっとずっと一緒にいたい。ふたりなら、幸せが何倍にも膨れ上がる。

「もしもお付き合いしようって言われたら……」

体についた泡を洗い流しながら、ぽつりと言葉を漏らす。

キスをして、それ以上もするかもしれない。多分、それが普通。

初めてで怖いけれど、祇堂さんとなら……。

そう考えながら露天風呂へと繋がるドアを開けたところで、ハッと止まる。

私の体は、そういう行為に耐えられるの？

主治医からは『過度な運動や、急激に血圧が上がるようなことはしないように』と言われている。

するとは思っていなかったから考えもしなかったけれど、おそらく条件から鑑みるに、私の体は性交渉に耐えられない。

お付き合いが発展して結婚に至ったとしても、妊娠、出産は難しいだろう。

いや、それ以前に。もしお付き合いすることになったら、恋人に真実を――難病を患っていると打ち明けなければ。

「……言えない」

背筋がすうっと冷たくなり、全身の血の気が引く。

病を打ち明ければ、彼に嫌われるだけじゃない。仕事だって失うかもしれないんだ。

じゃあ隠し続ける？　ううん、それは不誠実だ。

なにより、とても隠しきれない。この体は少し運動しただけで息切れしてしまうし、めまいがひどくなったり、意識を失ったりすることだってある。

かといって彼が社長である限り、この秘密は打ち明けられない。

「そんな……」

八方塞がりだと気付き、じわりと視界が滲《にじ》んだ。

せっかく好きな人と想い合えたのに、一緒になれないなんて。

開かれた露天風呂のドアから夜風が吹きつけて、体温を奪っていく。

ドクン、と大きく心臓が鳴り、めまいがした。気付けば濡れた体が夜風にさらされ冷え切っている。体温が下がりすぎたのだろうか。

またいつかのように倒れてしまうんじゃないか、そんな不安にかられ怖くなる。

急いで体を温めようと露天の湯船に向かう途中、慌てすぎて木桶《きおけ》を蹴り飛ばしてしまい、ゴロゴロと大きな音が響いた。

思わず「きゃっ」と悲鳴をあげた、その時。

「美守さん？　大丈夫⁉」

急に声が響いてきたので、驚いてミニタオルで体を隠した。

「祇堂さん⁉　どこに……」

「バルコニーだよ。君の姿は見えないから大丈夫」

ああ、と私は木でできた壁の向こうに視線を向ける。露天風呂の隣は、日中ふたりで過ごしたあのバルコニーだ。

「それより、すごい音がしたけど、怪我はない？」

「はい……大丈夫です、ちょっと躓《つまず》いただけで」

彼の落ち着いた声を聞いたら安心したのか、なんだか呼吸が楽になってきた。

急いで湯船に浸かり、ふうーと息をつく。翡翠《ひすい》のような淡い緑色をした滑らかな手触りのお湯が、冷えた体をじんわりと温めてくれる。温《ぬる》めで助かった。

「とってもいいお湯ですよ」

自分に言い聞かせるように元気な声を張り上げる。

まだ少しくらくらドキドキしていて、体が自分のものではないみたい。

でもこの壁の向こうに彼がいると思えば、気が和らいでくる。

「よかった。俺がいたら落ち着かないかな？　リビングで待っているから――」

「あ、待って」

思わず壁の向こうの彼を呼び止める。今はひとりになりたくない。不安で押し潰されてしまいそうだから。

私には打ち明けられない秘密があって、この先一緒にいられるかもわからない。こんなのわがままでしかないけれど——。

「もう少しだけ、そばにいてくれませんか？」

声を震わせながら絞り出すと、さっきよりも近くで声がした。

「上を見て」

彼の言葉に視線を上げ、思わず「わぁ！」と声をあげる。

ひさしの向こうにある空には、無数の星が輝いていた。

「すごい星空です！　綺麗！」

心の中の闇を払拭するような幾千の光に、不安が消えていく。

「君と一緒に星が見られたらと思って、バルコニーまで来たんだ」

すぐ隣で声がする。壁の近くまで来てくれたのだろう。

湯船の端まで行って、壁にペタッと手を置く。

不思議とめまいはなくなっていた。彼と一緒にいれば、病さえ治ってしまうのかもしれない。

「あの……。一緒に星を見ててもらっても？」

「もちろん。ここにいるから安心して」

コン、と壁を叩く音がする。振動が手に伝わってきて、嬉しくなった。

彼がそばにいてくれる。ずっとそばにいてほしい。こんな体の私がそんな贅沢を願うのは罪だろうか。

「それより、ちゃんと湯船に浸かってる？　声がすごく近いんだけど。風邪引かないでね？」

ハッとして自身の体を見下ろす。壁に縋《すが》りつくあまり、腰がお湯から出て、またしても冷えていた。

ちゃぷんと湯船に浸かり直し「大丈夫ですっ」と声をあげる。

彼にはバレバレだったらしく、くすくすと笑われた。

「たくさん星がありすぎて、逆に観察するのも難しいな」

耳に心地よい低音を聞きながら、ぼんやりと夜空を見上げる。彼が旅行を提案してくれなければ、この星空は見られなかっただろう。

「右手にひときわ強く光っている星がありますよね。あれならわかるかも」

「本当だ。なんの星だろう？　方角的に北極星ではないだろうし」

「おそらくスピカかと。ひさしがあってここからじゃ見えませんけど、オレンジ色の星と北斗七星を繋げば、春の大曲線ができますよ」

「春の大曲線、か。学校の授業で習った覚えがある。詳しいね」

「幼い頃は図鑑ばかり読んでいたので」

入退院を繰り返していた頃は、ひとりきりの時間が多かったから、本や図鑑をたくさん読みあさった。

とくに宇宙の図鑑はお気に入りで、星座の名前や由来もよく調べたっけ。

でも――。

「実物を見たのは初めてです。見られてよかった」

働き出してからは遅い時間に外を歩く日も多く、夜空を見上げもしたけれど、東京の明るくて狭い空じゃ星座の観察には向かなかった。実家や病院のある郊外は、都心ほど明るくはないにしろ、ここまで綺麗な星空は見えない。冬になれば空は澄み、幾分かよく星が見えたけれど、のんびり観察していたら風邪を引いてしまいそうだった。

……ここに来てよかった。本当に。

私の体は治らないし、いつこの命が尽きるかもわからない。

彼と結ばれることも、きっとないだろう。

でも後悔はない。彼への想いも、今ここでこうしてふたりで星空を眺めていられることも。

目を瞑《つむ》ると幸せに包まれて、なんだかこのまま永遠の眠りについてもかまわないような心地になった。

「──さん、美守さん！」

必死に私の名前を呼ぶ声が聞こえて、ゆっくりと瞼《まぶた》を開けた。

目の前に祇堂さんがいて、切羽詰まったような表情で私を覗き込んでいる。

ここは……脱衣所？

ハッとして辺りを見回す。そして自分の格好を見て愕然《がくぜん》とした。

大きめのバスタオルがぺらりと一枚、心許なく体を覆っている。

「えっ、えええ？」

思わず胸を隠すように手をクロスした。

よく見れば私だけじゃなく彼までずぶ濡れで、ジャケットやスラックスはところどころシミができているし、ホワイトのインナーは濡れて肌に張りついている。

彼までとんでもなくセクシーだが……そんなことを考えている場合じゃない。いったいなにが起こったの？

彼が前髪をかき上げ、大きなため息をつく。

「急に君が返事をしなくなったから急いで駆けつけたら、湯船の中で気を失っていて」

ぼんやりと記憶が蘇《よみがえ》ってくる。

彼と言葉を交わしながら、星を眺めていたら、だんだん気持ちよくなってきて――。

「私、眠ってました？」

「……寝てたの？」

彼がぎょっとした顔をする。

まあ、のぼせて気絶していたのか、疲労と副作用でうとうとしてしまったのかはわからないけれど。声をかけられても運ばれても起きなかったくらいだから、かなり深く寝入っていたのは確かだ。……やっぱり気絶かもしれない。

「ご心配おかけして申し訳ありませんでした」

服を濡らしてここまで運んでくれた彼には、もう平謝りするしかない。

縮こまって頭を下げると、彼の手が背中に回り込んできて、体を引き寄せられた。

「し、祇堂さん⁉」

まだ髪も体もびしょびしょで水が滴っているというのに、自分が濡れるのもいとわず私を胸元に押し込み、ギュッと強く抱きしめる。

彼の白いインナーに灰色のシミが広がっていった。

透けた肌に頬を押しつけ、彼の鼓動の音を聞く。ドクドクドクと、速いリズムを刻んでいた。

「……心配した。もう目を覚まさないかと」

ずきんと胸が痛んだのは、同じような台詞を幼い頃、何度か家族にかけられたからだ。

私の体調を知っていれば、『もう目を覚まさない』は決して冗談では済まされない。だが普通の人はこの程度で亡くなったりしないだろう。

「大袈裟《おおげさ》ですよ」と微笑んでみせるも、彼は目を充血させていた。

そこまで心配してくれたの？

そんな目をした母親も何度か見た覚えがある。

四十度の熱を出し、何日か目を覚まさなかった時。一年間ずっと微熱が治まらず、入院し続けた時。『こんな体に生んでごめんね』と泣きながら母に謝られた。

「ごめんなさい……」

その言葉は彼にかけたものか、あるいは母にか。じんわりと視界が滲んで彼の顔が見えなくなる。

彼の親指が私の目の下をそっとなぞり、涙を拭った。

その手が頬に添えられ、端整な、少し紅潮した彼の顔が近付いてくる。

「無事でよかった」

綺麗な肌、そうぼんやりと見蕩れている間に、唇が重なった。温もりが唇の隙間から流れ込んできて、ようやくキスされたのだと気付く。

想像していた以上にとても柔らかい。真ん中に、くすぐるように触れているのは彼の舌？ ゆっくりと緩慢に私の唇を撫《な》でて、そっと離れていった。

閉じられていた彼の瞳がゆっくりと開く。開いたままだった私の目と合って、ハッとした。

「ご、ごめんなさい、私、初めてで、どうしたらよかったのか」

目を閉じて応えるのがマナーだった？ あわあわしていると、彼は私の顔に張りついていた髪をそっと耳にかけた。

「そのままで。ずっと俺のそばにいて」

そう言って再び私を引き寄せ、きゅっと強く抱きしめる。

「あの、濡れちゃいますから」

「かまわない。もう一度していい？」

そう尋ねる頃には、すでに彼はキスの体勢に入っていて。私の頬に手を添えて上を向かせた。

頷く前に唇が重なる。今度は隙間ないほど密着し、唇の内側の柔らかな粘膜が激しく擦れ合った。

彼の舌が口内をくすぐってくる。未知の感触に思わず吐息が漏れ、咄嗟にそこにあった彼のインナーの胸元を強く握りしめた。

「んっ――んぅ……」

彼が唇を離し、息をする猶予をくれる。ひとつ息をついた後、言葉を発する余裕もなく再度塞がれる。

瞼をギュッと閉じて身を固まらせていると、「力を抜いて」と耳元で囁かれた。

耳たぶを舌でくすぐられ、強張っていた体がふにゃりと緩む。

「あッ……」

弛緩して半開きになった唇に吸いつかれ、蕩けるような感触に満たされた。

なんて心地よいのだろう。ふわふわして、とろとろして、くすぐったくて温かい。

気が付けば体をすべて彼に預け、キスに夢中になっていた。

気持ちのよさと裏腹に、体に熱がこもり、動悸が激しくなってくる。

これ以上キスをしたら私の体は耐えられず壊れてしまうかも、そう直感した時、彼がゆっくりと顔を離した。

「ごめん、夢中になってた。寒かったよな」

私の露出した肩を撫で、彼が心配そうに見下ろす。

寒いどころか、体が火照ってたまらない。

「大丈夫です」と答えると、彼は私の上半身をゆっくりと起こし、脱衣所の棚に重ねてあったタオルを一枚持ってきて、私の髪を拭き始めた。

「あの、大丈夫です。ひとりでできますから」

顔がどんどん熱くなってくる。

軽くのぼせたのもあるけれど、彼にこの姿をずっと見られているのは恥ずかしい。

なにしろ、バスタオルを軽く前にかけているだけだ。

さすがの彼も気付いたのか、若干頬を赤くして目を逸らす。

「外で待ってる。また具合が悪くなったらすぐ呼んでくれ」

そう断って脱衣所を出ていく。

私は体を拭き、軽く髪をドライした後、浴衣を着て脱衣所を出た。

ドアのすぐ脇に彼は立っていた。あまりにも心配そうな顔をしていたので「大丈夫です、もう元気ですから」と声をかける。

「こんな時になんだけど、浴衣、すごく似合ってる」

ちょっぴり弱った甘い目で見つめられ、たまらず「ありがとうございます」とうつむく。

浴衣どころか素肌まで見られてしまって、もうどうしたらいいか。

「私、和室でお茶を飲んで休んでいますから。祇堂さんもお風呂で温まってきてください。服、濡れちゃいましたし」

「俺は後でいいよ。しばらくそばに――」

「もう倒れたりしませんから大丈夫です。それに私も祇堂さんの浴衣姿が見たいんです」

彼がふっと頬を緩ませ、私の肩を撫でる。

「わかった。でもしまた眠くなったら、ちゃんとベッドで眠ってて」

「わかりました」

うつむきがちにこくりと頷く。彼にお風呂を勧めたのは、気を遣わせないためでもあるけれど、顔を合わせているのが耐えられなかったから。

一糸まとわぬ体を見られた上に、あんなキスまでして。ふわふわして、変な声まであげてしまった。恥ずかしい顔も見られたに違いない。

「じゃあ和室で待っていてくれ。それと――」

和室に向かおうとする私の背後に回り込んで、突然耳元に囁きかけた。

「星奈」

ドキンとして軽く飛び上がる。下の名前で呼ばれるのは初めてだったから。

「ふたりきりの時は、名前で呼んで」

「名前って」

翔琉さん、と？

「……はい」

戸惑いながら彼を見送り、私はひとり和室へ戻ってきた。

「翔琉さん、か……」

冷えたミネラルウォーターをグラスに注ぎながら、誰もいない空間に向かって声に出して練習してみる。

名前を呼んで彼が振り向いてくれたらどんなに嬉しいだろう。

着実に縮まる距離。燃え上がる恋心。でも――。

「彼とお付き合いは……できない」

こんな隠しごとまみれの私じゃ、彼の隣に並ぶのに相応しくない。そう理解していたはずなのに、さっきのキスはあまりにも突然すぎて、自覚した時には絆《ほだ》されていた。

「拒まなきゃいけなかったのに」

あの情熱的で真摯な瞳に見つめられると、彼のことしか考えられなくなってしまう。

次にされても、拒めるかどうか。

「っ、なに弱気になっているの」

拒むのは彼のためでもあるのだ。

「もしも私が、普通の女の子だったら……」

彼の気持ちに堂々と応えられただろうか。恋人になって、幸せいっぱいの日々を送れたのだろうか。

何度か死の危険を乗り越えて、生きているだけで幸せだと、そう思っていたけれど。

「今はちょっと、この体が忌まわしい」

ミネラルウォーターをぐっと喉に流し込む。

火照った体が急速に冷やされて、耐え難い眠気に襲われる。

慰安旅行とは言うものの、体は疲れる。

長時間車に乗って、慣れない場所に赴いて。温泉に浸かるのだって体力を消耗する。

普通の人ならそれでも耐えられる。ひと晩寝れば回復するし、楽しい思い出をたくさん充電して、日常生活に戻れる。翌日からは元気に仕事へ行けるだろう。

だが、私の体は——。

「やっぱり、疲れているのかな……」

それでも旅行に来てみたかった。彼と——翔琉さんと一緒に。

ふらりと横になると、畳の上に転がったまま、深い眠りに落ちてしまった。

＊＊＊

星空の見える露天風呂に浸かりながら、息をつく。

「いきなり混浴ってわけにはいかないよな」

もちろん、まったく考えなかったとは言わないが。

彼女に想いを伝え受け入れてもらった時点で、ありとあらゆる欲望は爆発していたが、彼女を怯《おび》えさせてはなるまいとぐっと耐えた。

この先についてもそうだ。想いを伝えてそのまま即ベッドイン——はあんまりだろう。

決して俺が理性的な慎み深い人間、というわけではない。

本当はその瞬間にも抱きたかった。あるいは、健康な女性を相手にするならそうしたかもしれないが。

「彼女の体は、負荷に耐えられないだろう」

今は元気そうにしているが、少し体調のバランスが崩れただけで倒れてしまうような脆《もろ》い体。決して治らない病。今も薬で症状を抑えているだけで、いつ悪化するかわからない綱渡りの毎日を送っている。

仕事中も無理はさせまいと最大限気を遣ってはいるが、限界がある。あまり彼女ばかり優遇して、周りに詮索されても困る。

この旅行も、誘っていいものか悩んだ。

それでもあえて声をかけたのは、いろいろなものを見てほしかったから。

綺麗な景色や美味しい食事、温泉、旅先で過ごす時間。そして都心では見られないような美しい星空――彼女はその名にもある通り『星』が大好きだから。

「外に出て、星が見たいと言っていたよな」

出会ったばかりの頃を思い出し、ひとりごちる。

星座の図鑑を読み返しては、本物が見たいと言っていた。だが当時の彼女の体は、夜風にあたるだけですぐに熱を出してしまうほど弱かった。

「本来君は、無理をしてまで働く必要はないんだ」

たとえ難病といえど、すべての患者が充分な支援を受けられるわけではない。彼女の現状を考えると、多少無理をしてでも働かなければ生きていけないのだろう。

それでも、もっと楽な仕事はある。難病患者向けの就職支援を使えば、体への負担を減らして働けるだろう。

だが彼女はあえて険しい道を選び、病を隠して社会に出ることを望んだ。『難病で苦しむ患者を救いたい』、その夢に向かって。

「君は本当に立派だよ」

だができるなら、もっと自分を甘やかしてほしかった。絹糸のように繊細で脆い、いつ切れるかわからないような大切な命なのだから。

風呂から上がり和室に戻ると、彼女は畳の上にころんと転がり、丸くなって眠っていた。

「ちゃんとベッドで眠ってって言ったのになあ」

思わず苦笑して彼女を抱き上げる。体は軽く、いくらでも抱いていられそうだなと思いながら奥にある寝室に運ぶ。

運んでも目を覚まさないくらいに深く寝入っているようだ。

風呂に浸かりながら気を失っていた時もそう。あれはまずかったと今思い出しても背筋が冷える。

きっとあのまま湯船に顔がついても、気付かず眠っていただろう。駆けつけるのが間に合って本当によかった。

「また疲れさせてごめん」

どうかゆっくり眠ってくれと祈りを込めながら、彼女をベッドに寝かせる。

明日に疲れが残らないといいんだが。

「一緒に遊んだ後は、いつも熱を出していたよな」

はしゃいだ翌日は決まって熱を出していたと思い出す。医師に『彼女にあまり無理をさせないでくれ』と注意されたりもしたっけ。

明日は早めに家に帰してやった方がよさそうだ。仕事だとでも理由をつけて、早々帰路につこう。

「早く治療薬を開発してやりたいが……」

社長という権力を使えば、資金をつぎ込んで開発を速めるのも不可能ではないだろう。とはいえ、ただでさえ貢献の意味合いの強いオーファンドラッグの開発を強行すれば反発を招く。会社のためにも彼女のためにもならない。

マーガレット製薬の新薬を待つ患者は、彼女の他にも山ほどいる。彼らを後回しにして開発を速めたところで、彼女に叱られるのがオチだ。

今は反社長派の反発もまだ根強い。親族の中には俺の就任に反対する者もいる。足をすくわれるわけにはいかない。

眠る彼女に布団をかけ、安らかな寝顔を覗き込む。

「無理に抱いたりしないから、せめて寝顔を見ていていい？」

彼女の隣に肘を立てて寝転がり、儚げな横顔を見つめる。

透き通ってしまいそうなほど白い肌。長い睫毛。ふんわりとした桃色の唇。その唇に触れるだけのキスを落とす。

「おやすみ」

そう声をかけ間接照明のスイッチを入れ、ダウンライトを落として部屋を出た。

第六章　甘すぎる日々の先にある逃れられない現実

目が覚めたら朝で驚いた。自分でベッドに入った覚えがないから、きっとまた彼に運ばせてしまったのだろう。

「すみません。私、また寝てしまって」

朝七時、慌てて浴衣の帯を締め直しリビングに行くと、翔琉さんはチェアに座ってのんびり緑茶を飲みながら携帯端末を操作していた。

彼も浴衣姿でつい見蕩れてしまう。乱れ気味のラフな着こなしが艶っぽくてカッコいい。

「おはよう。疲れは取れた？」

「はい、おかげ様で」

こくこく頷くと「よかった」と安心したように微笑んでくれた。

「運んでくださったんですよね？　お手数おかけしました」

ぺこりと頭を下げる私に、彼は湯呑をテーブルに置いてこちらに歩いてくる。

「あれくらい、なんてことないよ」

そう言って私の肩に手を添えて、近くのチェアに座らせる。

「でも、重かったでしょうし」

すると、突然彼が屈んで私の体を抱き上げた。

「きゃあっ」

お姫様抱っこをしたまま、至近距離でにっこりと微笑む。その笑顔が麗しすぎて、くらりとめまいがした。

「これくらい余裕。全然重くないよ」

「う、嘘です！　さすがに重たいはず――」

「なんなら、しばらくこのままでいる？」

彼が私を膝の上にのせてふたり掛けのソファに座る。

すっかりまいってしまって、頬が熱くなった。昨夜も二回ほどお姫様抱っこをされたと思うのだが両方記憶がない。

眠っている間にこんなことをされていたと思うと、とんでもなく恥ずかしい。

しかも、そのうち一回は一糸まとわぬ姿で……。

「わかりましたから、下ろしてください」

目が合わせられなくなってうつむくと、彼はちょっと申し訳なさそうに微笑んで

「ごめん、いじめすぎた」と隣に下ろしてくれた。

立ち上がり私の分の緑茶を淹《い》れながら、ふと振り向いて「あ、襲ってはないからね」と言い添える。

もちろん、わかっている。襲われていたら、きっと私はもうこの世にいない。

彼にそういうことをされたら、私の血圧は振り切って心臓が止まってしまうと思うの……。

比喩ではないのがつらいところだ。

温かい緑茶を「いただきます」と受け取って、ちょっとずつ飲む。体が温まって少しだけ落ち着きを取り戻した。

「今日なんだけど、夕方から仕事が入ってしまって。チェックアウトを済ませたら軽く観光しながら東京に向かおうと思うんだけど、かまわないかな？」

私は湯呑を持ちながら「もちろんです」と答える。

今日もいろいろと観光を考えてくれていたようだったけれど、もしかして私が疲れていそうだから繰り上げてくれた？　……考えすぎかな。

「これで旅行も終わりと思うと、ちょっぴり名残惜しいですね。帰りたくなくなっちゃう」

思わずぽつりと呟くと、彼が驚いたような顔でフリーズした。深刻な面持ちで立ち上がり、私の隣に座り直す。

「もう一泊しようか」

「えっ！　だって、お仕事が――」

「かまわない。なんとかなる」

「ええっ、ダメですよ！」

真顔で迫ってきた彼を押しのける。彼はごまかすようにひとつ、咳《せき》払いをした。

「まあ、冗談はこれくらいにして」

本当に冗談だったのかしら？　目が本気だったのだけれど。

「また行きたいって言ってくれるなら、俺はいくらでも君を連れ出すから」

私の頬をちょんとつつき、優しく微笑む。

本音そのままに「はい」と頷いた後、ハッとする。

私、彼にお付き合いはできないって言わなきゃいけなかったのに。

このままではムードに流されて、引き返せないところまで行ってしまいそう。

「あのっ――」

慌てて切り出そうとした、その時。

彼の手が後頭部に回り、距離が縮まった。閉じられた瞳。端整な顔が近付いてきて、角度を変えながら唇に吸いつく。

柔らかく食んで、ちゅっとかわいい音を響かせた。

「か、翔琉さん……!?」

「おはようのキスするの、忘れてた。今日もかわいい」

破壊力抜群の甘い声に、胸がきゅんと高鳴る。彼への想いが乗算で膨れ上がった。

こんな幸せ感じたことない。理性が吹き飛んでしまうほどの高揚。

せめて今日一日だけ、どうかこのままでいさせて。

誘惑を振り払えず、現実から逃げるように目を閉じて、二度目のキスを受け入れた。


家に到着したのは十五時だった。

部屋の入口にボストンバッグを置いて、すぐさまベッドに倒れ込む。

疲れたというよりは、楽しさの余韻に浸るように仰向けになった。

「夢みたいな二日間だったわ……」

食事や旅館も素敵だったけれど、彼と過ごす時間が幸せいっぱいで……。

ぼんやりと呟いた後、斜めがけバッグからお土産の小箱を取り出す。

帰路に寄ったジュエリー工房で、水晶をカットしたペンダントを買ったのだ。

宝石の加工技術は山梨の伝統工芸のひとつ。私と彼がお揃いで買ったのは、職人オリジナルのカッティングが施された、世界にたったふたつしかないという対のペンダント。

箱を開けてペンダントを取り出し、水晶を窓から差し込む光に透かしてみる。内側に星形のカッティングが施され、きらきらと輝いている。

「すごく綺麗」

美しさはもちろんだけれど、もう片方を彼が持っていると考えると通じ合えている気がする。

「こんなに幸せなのは、神様がくれたご褒美なのかも」

いつ終わるかわからない儚い幸せだけれど、今私は確かに満ち足りている。

水晶を手に持ったまま眠りに落ち、目が覚めたのは三時間後。気付けば日が沈んでいた。

「昨日から私、寝てばっかりね」

キッチンでグラスに水を注ぎ、水分補給する。

ふと気になって体温を測ると三十六・九度。少し高い気もするけれど、ぎりぎり平熱で踏みとどまっている。

「明日が休みでよかった」

明後日からは仕事だ。明日はたっぷり休もうと決める。

結局彼には病のことも、付き合えないということも、なにひとつ切り出せなかった。

彼を深く傷つける前に、早く伝えなくちゃ……。

そっと心に決めて、再び睡魔に身を委ねた。


丸一日眠っていたおかげか、次の出勤日には体調がすっかり回復した。

「おはようございます、祇堂社長」

武久さんとともに社長よりひと足先に出勤し、執務室でお迎えする。

旅行の日以来、彼とは何度かメッセージのやり取りをしたが、ちゃんと会話をするのは初めてだ。

当然ここでは『翔琉さん』とは呼ばない。こうして『祇堂社長』と呼んでいると、あの二日間が夢だったかのように思えてくる。

じわじわと不安になってきた頃。武久さんがうしろを向いた隙に、翔琉さんがパチリとウインクしてきた。まるで、あれは現実だよとアピールするかのように。

……本当、なんだ。

胸の奥が温かくなって、安心感が広がる。

社長含め、社長室のメンバーも代わる代わる休みを取っていたので、連休明けはなにしろ忙しく、飛ぶように時間が過ぎていった。

残業はローテーションで、週に二日程度は定時近くに上がらせてもらっていたけれど、中には帰宅が二十二時を過ぎる日もあって、私は徐々に疲弊していった。

そんな日々を過ごし一カ月。

季節は梅雨、気温はそこまで高くないのに、じめじめと蒸し暑くてどことなく過ごしにくい。

社長及び社長室は大忙しで、翔琉さんとはちょこちょこメッセージを交わすものの、ふたりきりで会う時間は取れていない。

時間ができたら食事をしようと話題には挙がっているが、いつ実現できるかどうか。

なにしろ私の体がお疲れモードでアフターファイブどころではない。

そんな時、社長室のデスクで事務作業をしていると、武久さんから声をかけられた。

「最近、少しやつれたのでは？」

たった一・五キロ減っただけなのに気付くとは、なんて鋭い上司だろう。思わず私は苦笑いを浮かべた。

「大丈夫です。誤差ですよ」

「美守さんの場合はもとが細いので、少し痩せただけでもかなり影響がありそうですが」

「着痩せするタイプなんです」

「いや、膨張色ばかり着ていますよね？」

ふふふっと笑ってごまかす。高校時代はもっとやつれていたから、今は健康的なくらいだけれど、武久さんから見るとそうは見えないらしい。

もう少しチークを足して血色よくしてみようかな、なんて考えていた時。

「ですが、だいぶ秘書が板についてきましたね」

思わぬ言葉をかけられ、書類を整理する手が止まった。

「広報の人間を秘書にすると聞いた時は、正直心配していたのですが。呑み込みが早くて助かりました。確かに、社長の目に狂いはなかった」

そういえば翔琉さんも言っていた。『武久も君を評価している』と。

「なにより、あなたがいると社長が頑張ってくれる。昔はもっと手を抜く人だったんですよ」

「そうですか？　いつも真面目にお仕事されているイメージでしたが」

「器用なんです、あの人は」

そう言って眼鏡のブリッジを押し上げる。

「社長とは長い付き合いになります。彼は入社後、秘書課に配属され、私が教育係を引き受けました。実に優秀で小賢しい、生意気な新入社員でしたよ」

昔を思い出したのか、口元に笑みが浮かぶ。

「ほどほどに手を抜きながらもバレないようにうまく立ち回るんです。私の目はごまかせませんでしたが」

武久さんにお小言を言われながらも、のらりくらりかわす翔琉さんの姿が思い浮かんだ。

「ですが最近は文句も言わず厳しいスケジュールをこなしてくれています。あなたにカッコいい姿を見せたいのかもしれません。いいカンフル剤になっているようです」

武久さんは眼鏡の奥の目を緩ませて立ち去っていく。

私が翔琉さんにいい影響を与えている？　だとしたら……すごく嬉しい。

翔琉さんの力になれるのはもちろん、会社の役にも立てているということだ。

『難病で苦しむ患者を救いたい』、その夢にまた一歩近付けた。

よーし、頑張るぞ。

心の中でそっと自分を鼓舞して、残りの仕事に取りかかった。


その日の帰り道。

会社を出て十分ほど歩いたところで、背後から声をかけられた。

「星奈」

甘くじゃれつくような声。と同時に背後から腕を回され抱き竦められた。

驚きにびくりと肩を跳ね上げる。危うく声が出かかったけれど、すぐに彼だとわかったので、すんでのところで悲鳴を呑み込めた。

「社ちょ――翔琉さん！　どうしてこんなところに？」

思わず役職名が飛び出てしまったのは、最近顔を見て『翔琉さん』と呼ぶ機会がなかったから。

それにしても、まだオフィスにいるはずではなかったのか。なぜここに？

彼は「中抜けしてきた」と笑って私の隣について歩き出した。

「大丈夫なんですか？　武久さん、怒るんじゃ」

「食事してくるって言ってあるから大丈夫だよ」

「それに、こんなところ……誰かに見られたら」

私たちの交際については、誰にも話していない。秘密の関係というやつだ。

思わず立ち止まって辺りをきょろきょろ見回すと、彼は私の背中をポンと押して歩くよう促した。

「駅はとっくに過ぎたから大丈夫。この辺りを歩く社員はほとんどいないよ。それより、こんなところに立ち止まってる方が不審だと思うけど？」

それはそうかも……とひとまず私は歩き出す。

「それに、バレたらバレたでかまわないとも思っているし」

翔琉さんが飄々《ひょうひょう》と言い出したのでぎょっとする。

「ですが、あらぬ疑いをかけられてしまうかも」

社長と秘書が特別な関係だと知られたら、陰口を叩く人間がいるのではないか。それこそセクハラや公私混同と思われてしまうかもしれない。

しかし、翔琉さんは気にする様子もなく、軽快に隣を歩いている。

「俺も星奈も独身だし、恋人がいてもなんの不思議もない。星奈の異動については武久も納得しているし、責められるいわれはないよ」

翔琉さんの堂々としたもの言いは、説得力がある。社長の勝手を諫《いさ》めなきゃいけない立場の私まで、なんだか大丈夫な気がしてきてしまった。

「それに、いざとなれば責任を取る覚悟もある」

「責任？」

「……恋人ときて責任ときたら、ひとつしかないんじゃないか？」

思わせぶりなヒントを出され、胸が高鳴り始める。

翔琉さんは私をからかうように、わざとらしく顎に手を添え、考えるポーズをした。

「夫婦で同じ職場にいちゃいけないなんて規定、なかったよな？」

「か、翔琉さん……！」

「はは、すごい焦りよう。冗談――って言ってやりたいけど、割と本気だから言わない」

顔が熱くなって前を向けなくなる。そんな軽々しく将来の話をして、気が変わったらどうするつもりなのだろう。

「なにか不満？」

彼が腰を屈めて覗き込んできた。

「不満とかではなくて」

男性とのお付き合いですら無理だと思っていた私が、まさか結婚を考える日が来るなんて。嬉しくて、でも喜んではいけないと感じる自分もいて、心の中がぐちゃぐちゃになる。

「今のをプロポーズの言葉になんてしないから、心配しなくて大丈夫だよ。ムードのある場所でちゃんと言うから待っていて」

「そ、そんな心配をしているのでは」

思わず顔を上げると、彼は突然、真面目な顔になって人さし指を額に突きつけてきた。

「それより体は大丈夫なのか？　かなり疲れがたまってるだろ。最近、痩せた気もするし」

武久さんだけじゃなく、翔琉さんにも気付かれていてぎくりとする。

そんなにやつれて見えるだろうか？　慌てて「大丈夫ですよ」と笑顔を作る。

「最近ろくに話もできなかったから心配してたんだ。電話しようにも仕事が終わった後じゃ遅くて迷惑だろうし」

思えばメッセージはぽつぽつと交わしていたけれど、簡単なやり取りばかりだった。

【大丈夫？】【疲れてない？】と尋ねられても、元気そうなスタンプを返してごまかしていた。

「それで追いかけてきてくれたんですか？」

彼が困ったように笑う。おどけた態度とは裏腹に、私を心配してくれていたみたいだ。

「星奈は頑張りすぎるから。もっと弱音を吐いてくれてもいいのに」

私の頭にぽんと手をのせて、切なげな顔をする。そんな顔をされては甘えないわけにいかない。

「頼りにしてるんですよ。いてくれるだけで、支えになっているんです」

彼を想うだけで頑張る気力が湧いてくる。もっと生きたいと思える。

いつ絶えるかわからない命だけど、最後の一秒まで彼と一緒にいたい。彼への想いを抱きしめて死にたい。

……ううん、本当は死にたくなんてない。もっと生きていたい。ずっと先の未来を彼と一緒に歩いていたい。

こんな病さえなければ、堂々と彼の想いに応えられるのに。

この体が憎らしい。

「――星奈！　大丈夫か？」

呼びかけられ、我に返る。気付けば屈み込んでいた。

息がしづらくて苦しい。差し出された手を握りながら「大丈夫、です」と絶え絶えに答える。

「やっぱり疲れてるんだろう。もしつらければ明日は休みを取っても――」

「少し休憩すれば治ります。ほら、家もすぐそこですから」

通りの奥のマンションを指さし、気力を振り絞り笑顔を作る。彼は私の手を引いて、マンションの前まで連れていってくれた。

「もう大丈夫です。送ってくださってありがとうございました」

呼吸も落ち着いてきたからもう本当に大丈夫だ。ぺこりと頭を下げると、彼は首筋に手を置きながら複雑な顔をした。

「あっという間だったな。もっと一緒にいたかったのに」

「もう少し経ったらこの忙しさも落ち着くだろうって、武久さんも言ってましたし。あとちょっとの辛抱です」

「……だな。仕事がひと息ついたら、たっぷりイチャイチャしよう」

彼がふっと息を吐き出し、肩を竦める。

嬉しい半面、再び胸が苦しくなった。

やはり私は彼と一緒にいちゃいけないんじゃないか。いつ死ぬかもわからない命なのに、隣にいたって迷惑をかけるだけだ。

「ねえ、翔琉さん」

かといって、どう切り出せばいいのだろう。大好きな人に『別れましょう』なんて、心とは真逆の気持ちをどうやったら口にできる？

「その……私たち、想いが通じ合ってからまだ少ししか経っていないじゃありませんか。だからもし私が、あなたの思っているような人間じゃなかったら――」

遠回しに言葉を選んでいくと、突然彼がこちらに手を伸ばしてきて、両頬を包み込んだ。

見上げれば真剣な眼差し。ひゅっと喉が詰まり、息が止まった。

「そんな心配しなくていい。俺はもう充分星奈を知ってるよ」

こつんと額がぶつかる。鼻先を掠《かす》める吐息に、鼓動が大きく振動して体を揺らす。

「一緒にいた時間なんて関係ないくらい俺は星奈を愛してる。できるなら仕事なんて忘れて、君と一緒にどこかへ逃げちゃいたいくらいだ」

「そ、それはダメです」

「わかってるよ。だからやらない」

くすくすと彼が笑う。目の前でかわいらしい笑顔を見せられ、頭の中を埋め尽くしていたもやが吹き飛んでしまう。

「でも、それくらい俺には君が必要なんだ」

愛らしい笑顔を見せたかと思えば、次は艶っぽい瞳で私を揺さぶる。

体から力が抜けてしまいそうで、彼のジャケットをきゅっと掴んだ。

「ごめん。もう俺は、君を離してやれないかもしれない」

くいっと頬を持ち上げ、キスをする。

温かくて優しい、体の内側まで蕩け合うような口づけ。とろとろに絆されて後先が考えられなくなる。

「おやすみ、星奈。しっかり休んで」

「……はい」

結局拒むこともできず、彼のうしろ姿を見送った。

どうしようもないほどに彼が好き。

今すぐこの体から病が消えてなくなってしまえばいいのに。

しかし、この願いは決して叶わないのだろう。

第七章　余命〇年のシンデレラ

二階にある自室から覗き込むようにして窓の外を眺めると、ランドセルを背負って歩いていく小学生の列が見えた。

どうしてみんなは元気なのだろう。

どうして私は元気じゃないのだろう。

小学校二年生になって一カ月。まだ一度も新しいクラスに登校できていない。

一年生の時と同様、クラスメイトとろくに顔を合わせないまま、クラス替えになるかもしれない。

「星奈……」

振り向くと、洗濯かごを持った母が部屋の入口に立っていた。私が登校中の列を羨ましそうに眺めていたから、足を止めたのだろう。

「ごめんね。もっと元気な体に生んであげられたらよかったのだけれど」

かごを置いてこちらにやってきた母が、不意に切り出した。

幾度目かわからない懺悔《ざんげ》。『健康に生んであげられたら』『変わってあげられたらいいのに』──でも、どんなにそう思ってくれたとしても、現実にはならない。

「お母さんのせいじゃないよ」

だからこうして正論で答えるしかない。

「月乃《つきの》は元気だもん。見た目は私とそっくりなのに、中身は全然違う。悪いのは私だけだよ」

双子の妹の月乃は、私と同じ遺伝子を持っているはずなのに、病を発症しなかった。

医師によると、発症する原因はまだ解明されていないのだそうだ。

母は申し訳なさそうな顔をして黙り込む。

「そういえば、ここ二、三日、月乃が部屋に来ないんだけど。どうしたの？」

寂しがり屋の月乃は、こちらの体調もかまわず部屋にやってきて、ゲームをしたり、絵を描いたり、折り紙をしたりして、飽きると自分の部屋に戻っていくのだけれど、
ここしばらく姿を見ていない。

母は答えにくそうに目を逸らした。

「月乃はね……、親戚のおうちに遊びに行ってるの。その方が星奈もゆっくり休めるだろうし、お母さんも星奈の看病に専念できるし」

「そう……」

確かに母は、私が病気ばかりしているせいで看病や病院の往復で忙しい。父は仕事にかかりきり。母が働けない分、たくさん働かなければいけないのだそうだ。

妹の月乃は誰にもかまってもらえず、よくいじけている。

家の中は嫌いだと言って遊びに出かけるけれど、同じ双子でも私とは性格が正反対で気の強い月乃は、お友達との喧嘩《けんか》も多く、泣いて帰ってくる日もしばしば。

そんな悲しい時、やっぱり母は一緒にいてあげられなくて、私の部屋に来てひとりで丸くなってしくしく泣いているのだ。

私が元気だったら、慰めてあげられるのに。一緒に遊んであげられるのに。

月乃の気が強くても、ちょっとくらいわがままを言っても、私だったら許してあげるし、喧嘩もしない。

やっぱり私が家族を引っかき回している。私のせいでみんながバラバラになる。

「ねえ、知ってる？　月乃はお母さんと一緒にいられなくてすごく寂しがっているのよ？　私の看病はいいから、もう少し月乃のそばにいてあげて」

月乃は親戚の家より母のそばにいたいはずだ、そう思って口にしてみたのだけれど、
母は悲痛な表情で私を抱きしめた。

「星奈の体が治ったら、月乃ともたっぷり遊んであげるつもりよ。だから今は、星奈

のそばにいさせて。せめて一年、一年だけは……」

おそらく母は、私の余命があと一年だと知って、月乃を親戚の家に預ける決断をしたのだろう。きっと母も月乃を手放した罪悪感に苦しめられていたのだ。

そうと知らない当時の私は、どうして母がこんなにも切羽詰まった顔で涙を流しているのかわからなかった。

「月乃、寂しくしてないかな？」

「大丈夫よ。伯母さんはとてもいい人だもの。きっとうちにいるより楽しいわ」

そう聞いてようやく安心できた。もしかしたら誰も遊んであげられないこの家にいるより、親戚のもとにいる方が幸せかもしれない。

「私が元気になったら、月乃は帰ってくる？」

「もちろんよ」

「そっか。じゃあ、頑張って治すね」

そう約束して、母を部屋から送り出した。母は洗濯かごを持って、背中を丸めたままベランダの方へ歩いていった。時折、鼻を啜《すす》る音が聞こえた。

その日の午後。母の運転する車で病院に向かいながら、私はぼんやりと考えていた。

このまま一生、病院と自宅の行き来を繰り返さなければならないのか。

だったら自分は、なんのために生まれてきたのだろう。

この病が治るのならば、苦しむ意味も治療する意味もあると思う。

でも、もしもただ死ぬだけだったら？　苦痛の先になにも待っていなかったとしたら？

途方もない虚しさを抱えながら、窓の外に流れる景色をぼんやりと見つめる。

じゃあ、頑張って治すね——自分の言葉を思い返し、本当に治るのかな？と疑問を抱く。

誰に言われたわけではないけれど、本能的に余命を直感していた。

再入院して一カ月、一向に回復する気配がなかった。

母は今まで以上に毎日欠かさず見舞いに訪れ、本やおもちゃを差し入れてくれる。

目を腫らしている日が多くなり、ああ、そろそろ私は死ぬんだなと理解した。

三週間後、とうとうその時が訪れた。病室に真っ黒な服を着た男性が現れたのだ。

彼は病室に入ると、迷いなく私の方に向かって歩いてきた。

きっと死神が迎えに来たのだ。命を持っていかれてしまう。

しかし、同室の子どもたちがぽかんとしているところを見ると、私だけに見えているわけではないらしい。

よくよく見れば、それはれっきとした人間だった。ロマンスグレーの髪色に、喪服のような真っ黒いスーツ。ネクタイはしていない。すらりと背が高く身のこなしに品がある。

どこか浮世離れした、不可思議な雰囲気を持つ男性だ。

「美守星奈くんだね。初めまして」

そう言って男性はベッド脇に立った。

知性を感じる落ち着いた低音ボイス。ゆったりとしていて、言葉のひとつひとつがはっきりと聞き取れる、耳に心地のいい声だった。

「私なら君の病気を治せるかもしれない。研究に協力してほしい」

治療法がないと言われる難病なのに？　これまでそんな言い方をする医者はひとりもいなかった。

「私はこのまま死ぬんじゃないの？」

「今のままなら一年と経たず寿命を迎えるだろう。だが私の研究が成功すれば、症状を抑え込める。普通の生活ができるようになるかもしれない」

「普通の生活……」

とくんと心臓が鳴る。不整脈ではない、期待に鼓動が呼応したのだ。

「学校に行ける？　友達と遊んだり、勉強したりできる？」

「可能性はある」

思わせぶりな言い方をして、手を差し出してくる。

「協力してくれるね？」

断る理由などなかった。どうせこのまま放っておけば死ぬのだ。

私の夢は、普通に学校へ行って、普通に友達と遊んで、普通に勉強をすること。

特別でなくていい。

ただみんなと同じように、ごく普通の生活がしたい。家族みんなで食卓を囲みたい。

私が今一番欲しいのは、決して手の届かない〝普通〟だ。

それがもらえるなら、死神にだって協力する。

点滴をしていない方の手で男性の握手に応えた。

「伏見影彦《ふしみかげひこ》だ。よろしく」

それからしばらくして、彼――伏見教授の勧める大学病院に転院した。

家から都心方面に電車で三十分程度乗り継いだところにある病院だ。見舞いに行くのが少しだけ大変になったと母が言っていた。

一方、私も検査の量が増え、入院生活はこれまでより大変になった。だが教授の診断は的確で、ひどい熱を出してもすぐ治まるようになった。

中には「少しだけ運動してみようか」とオーダーをされる時もあった。

体を動かした後は決まって具合が悪くなるのだけれど、彼はどこ吹く風で、血液データを採取できれば満足そうにしていた。

私を研究材料としか考えていないのかもしれない。だがそれでもいい。この症状を抑える薬を作ってくれるなら。

最新の治療を施され、余命と言われていた八歳を超えた。

数値が改善して退院しては、また具合が悪くなって病院へ逆戻り。そんな不毛な日々を八年ほど繰り返し、着実に研究データはたまっていった。

「二十歳まで生きられれば御の字だと思っていたんだが。まさかここまで元気になってくれるとは思わなかった」

大学病院の特別予約外来で、二十歳になった私を前に、彼は満足そうに言った。

彼は研究者であり臨床医ではないから、普段は外来に来ないのだけれど、私の定期通院の日は決まって顔を見せてくれた。

「私もまさか本当に普通の生活が送れるようになるとは思いませんでした。感謝してもしきれません」

症状を完璧に抑え込む薬は開発できなかったが、気を付ければ普通の生活が送れる程度には回復した。

今は大学にも通っていて、就職活動を考えているところだ。

「君の場合、ストレスや過労を引き金に症状がぐんと悪化する。とにかく心身に負担をかけない生活を心がけてくれ」

「就職には反対しないでくれるんですね」

「せっかく寿命が延びても、好きにできないんじゃ意味がないだろう。やりたいことをやってみるといい。ただ、報告は挙げてくれ」

治験的な立場で最新の治療を施してもらうかわりに、報告書の提出を求められている。なにをしたら症状が悪化したか。逆に、なにをしても大丈夫だったか。

協力関係は今でも続いている。

「これからもよろしくお願いします」

一礼して診察室を出ようとすると、彼が少々深刻な顔つきで「だがくれぐれも気を付けなさい」と言い添えた。

「今は調子のいい状態が続いているが、一度崩れ始めたら際限なく悪化する、そういう病だ。とうに余命は超えている。普通に過ごせるからといって、注意を怠らないように」

ようやく普通の生活ができるようになって、就職への意欲も湧いて、浮かれきっていた心に釘《くぎ》を刺された気分だった。

「……わかりました」

私は普通のふりをしているだけで、普通ではない。それを決して忘れてはならない。

わずかな猶予を与えてもらっただけだ。

○時がくれば魔法が解けるシンデレラのように、いつ来るかわからないタイムリミットを覚悟しながら生きなければならない。

せめてその間だけは、精一杯好きなことをしようと心に決めた。

◇◇◇

朝、けたたましいアラームをぼんやりした頭のまま止める。

今日も天気は優れないらしく、カーテンの隙間からは申し訳程度の朝日。

「なんだかすごく、だるい……」

ここしばらくはとても忙しく、昨晩は二十二時に帰宅した。それから洗濯機を回して、軽く部屋を片付けて、眠りについたのは二十五時に近かった。

「なんとか六時間は寝たはずなのに」

起床時間を遅くしてもまだ疲れが取れないなんて、だいぶ疲労がたまっているようだ。

今日さえ頑張れば、明日は土曜日、お休みだ。一日だけだと思えば、なんとか頑張れる気がした。

午後には株主総会のリハーサルもあって忙しいから、しっかりしなくちゃ。

いまいち覚醒しきらない頭で、ヨーグルトを喉の奥に流し込み、後片付けをしていると。

「あっ」

つるりと手がすべりグラスが落ちる。ガシャンというけたたましい音とともに、ガラスの破片が飛び散った。

「やっちゃった……」

お気に入りのグラスだったのに。額に手を当てて反省する。

手を切らないように注意を払いながら大きな破片を片付けて、最後に掃除機をかけて細かな破片をすべて吸い込んだ。

「って、もうこんな時間！」

急いで着替えとメイクを済ませ、家を出る。早足で出勤して、なんとか社長の出社前に到着できた。

だるさは働いているうちに気にならなくなるかと思いきや、午後になっても続いていた。なんだかすごく体が重い。

熱はなかったよねと記憶を辿るうちに、朝、ドタバタしていて体温を測り忘れていたと気が付いた。

そこでハッとする。私、今朝薬を飲み忘れた？

ただでさえ疲れがたまって体調が悪いのに、大事な薬まで忘れてしまうなんて、うっかりにもほどがある。

朝の自分を恨めしく思いながら、お願いだから今日一日だけ体力がもちますようにと祈った。

株主総会のリハーサルを終える頃には、定時を過ぎていた。

「実りあるリハーサルでしたね」

武久さんがフィードバックをまとめた端末を小脇に抱え、息をつく。

リハーサルでは本番さながらの質疑応答が行われる。

あらかじめ質問を想定し台本も作っておくが、本番では想定外の質問ややじのようなものまで飛んでくる。

今回も、株主役を担当した人間が意地の悪い質問をしてきたが、翔琉さんは笑顔で捌《さば》いていた。対して、翔琉さん以外の担当役員はしどろもどろで、さんざんな結果に終わった。

「もう少し練習するようみんなに伝えておいてくれ」

心の広い翔琉さんも、さすがに苦笑している。

「それにしても社長の回答は見事でした。心強い」

「もう少しひねってくれてもよかったんだけどなあ」

「充分ひねられていましたよ。彼らも社長がここまで小賢しいとは思ってなかったのでしょう」

「一応聞くけど、褒めているんだよな？」

武久さんは肯定しない。横で話を聞いていた私は、声に出ないようにこっそりと笑みをこぼした。

「一度運営事務局に戻って指示を出してきます。美守さん、引き続き社長をよろしくお願いします」

武久さんが執務室を出ていく。私は「かしこまりました」と軽く腰を折った。

この後もたまった契約書の確認や、経営企画室との事業戦略の擦り合わせなど盛りだくさん。金曜日だから駆け込みの仕事も多い。

「それでは、まずは契約書の方から――」

タブレット端末を操作して電子文書を開こうとすると。

「星奈。大丈夫？」

突然名前を呼びかけられ、ドキリと心臓が跳ね上がった。

仕事中に名前を呼ばれるなど、普段はない。

周囲に誰もいないせいもあるけれど、よほど私が疲れて見えたのだろうか。

「なんのことでしょう」

「顔色が悪い。今日、ずっと無理してるだろ？」

彼にはお見通しで困ってしまう。「申し訳ありません」と謝罪して、力なく愛想笑いを浮かべる。

「今日はもう帰って大丈夫だ。週末はゆっくり休んで」

「お言葉に甘えます」

「いいんだ、そのためのチームだから」

今日の業務はこれで終わり、そう思ったら気が抜けて体がいっそう重たくなってきた。頭がぼんやりして視界にもやがかかる。

自分のデスクまで戻ろうと、ドアに向かって歩き始めた時。

ぐらりと体が揺れて、平衡感覚を失った。

「星奈！」

鬼気迫った声が響く。視界がぐるりと回って勝手に瞼が閉じ、再び目を開いた時には翔琉さんの顔が目の前にあった。

「星奈！　聞こえているか、星奈！」

翔琉さんの腕の感触。背中から体温が伝わってきて、抱き支えてくれているのだとわかった。

必死に呼びかけてくれるけれど、答えるだけの体力が残っていない。息がうまく吸えなくて声が出ない。体中の血管がどくどくと脈打ち、全力で異常を訴えている。

ああ、とうとう倒れてしまった。

終わりを告げられたかのような絶望感に襲われた。

「今、救急車を――」

――待って。

意識を失う前になんとか伝えたくて、重たい手を持ち上げる。

携帯端末を操作する彼の袖を、震える手で引っ張った。

「星奈？」

視界がかすみ、思考が鈍る中、声を絞り出す。

「翔琉さん……ごめんなさ……」

ずっと隠していたことをとにかく謝りたかった。

もっと早くに打ち明けるべきだった。迷惑をかけてしまう前に。

「こんな時になに言って――」

しかし、私が口を開閉させているのを見て、なにか言いたいのだと気付く。私の口元に、耳を寄せてくれた。

「『京楼《けいろう》大学病院』の、伏見……影彦、教授に」

「え？」

翔琉さんが目を見開く。

私の病は普通の病院では対処できない。専門家でなければ、この発作の原因は突き止められない。

「私の名前を、伝えて」

それだけ口にすると力が抜け、意識を保てなくなった。

第八章　最後の一秒まで俺はこの手を離さない

目を覚ますと、まず視界に入ったのは薄暗い天井。

カーテンの閉められた窓、床頭台、点滴、心電図モニターと無機質な電子音。消灯後のようで、ベッド脇の黄色いライトだけが淡く灯っている。

この景色、久しぶりだ。またここに戻ってきてしまった。

「随分無理をしたみたいだね。久しぶりにひどい数値だ」

ベッド脇から響いてきた低く落ち着いた声に、ゆっくりと首をそちらに向けた。

真っ黒なスーツの上下にロマンスグレー。かつて死神と間違えた彼がそこにいた。

「伏見教授。お久しぶりです」

出会ってから二十年近く経つけれど、見た目はほとんど変わらない。年齢不詳でどこかミステリアスな立ち姿は、いっそう死神にそっくりになってきた。

「通院以来だね。こんな風に再会するとは思わなかったが」

教授は腕を組んで、曖昧な笑みを浮かべている。

「ここはどこですか？　私が眠ってから、何日が経ちました？」

「『南里病院《みなみざと》』だよ。まだ日は変わっていない。君が倒れてから五時間といったところかな」

ということは二十三時過ぎだろうか。どうやら会社から一番近い救急病院に搬送されたらしい。教授はわざわざここまで足を運んで、処置してくれたようだ。

「来てくださってありがとうございました」

「下手な治療で悪化させられては困るからね。君は私の大切な患者だから」

私への思い入れも強いのだろう。なにしろ、伏見教授はこの病の解明に生涯を費やすと言ってくれている。研究に人生をかけるストイックな人だ。

「せっかく治してもらったのに、また体調を崩してしまってすみませんでした」

「これはこれでいいデータが取れた。倒れた時の状況を後で詳しく聞かせてもらうよ。まずは眠りなさい。まだ熱が高い」

はい、と答えて瞼を閉じたものの、眠れそうにない。私は目を瞑ったまま「教授」と再び呼びかけた。

「また働けるようになるでしょうか」

「なんとも言えないな。過去の例を出すなら、昔の君はこの状態から退院するまでに数年かかっている」

一、二週間休んで復職――とはいかないようだ。
年単位で休職はさすがに難しい。治る保証もない。病を隠していた負い目もある。

私はもう会社には戻れないだろう。

「この体で一般企業に就職するのは無理だったのでしょうか」

「君の人生だ。どう生きようと君の自由――と言いたいところだけれど」

かつて『やりたいことをやってみるといい』と背中を押してくれた教授だったが、今回ばかりは言葉を濁した。

「君の行動は、命をすり減らしていると言っても過言じゃない。悲しむ人がいるなら、身の丈に合った生活をするのも、ひとつの選択じゃないかな」

そう言って床頭台にちらりと目を向ける。そこにはメモの切れ端が一枚置いてあって【明日、また来ます 母】と達筆な文字で書かれていた。

どうやら私が倒れたと連絡を受け、駆けつけてくれたらしい。面会時間が過ぎたので一度家に戻ったのだろう。

「そうですね。私になにかあったら母が悲しみます」

「お母さんだけではないだろう？」

その言葉に私は顔を上げる。教授は珍しく愁いを帯びた表情で目を逸らした。

「君を助けてほしいと電話してきた、あの子も」

「あの子？」

誰を指しているのか一瞬わからなかった。だが、教授に連絡を取ってほしいと頼んだ相手はひとりしかいない。

「まさか翔琉さん――祇堂さんですか？」

教授は肯定するように瞼を落とすと、背中を向けて、そのまま病室を出ていってしまった。しんと静まり返る個室に、小さなため息が虚しく響く。

倒れた私を抱き支えてくれた彼。かすむ視界にうっすらと見えた悲痛な表情が頭をよぎる。

きっと心配しただろう。驚いたに違いない。

病についてはおそらく処置にあたった医師から聞いているはずだ。なぜそんな大事なことを黙っていたのかとショックを受けたかもしれない。

私はずっと彼を騙《だま》し続けてきたのだ。この先、どんな顔で会えばいい？　どんな言い訳をすれば許してくれる？

そもそも彼は私にもう一度会ってくれるだろうか。

「ちゃんと、さよならを言わなくちゃ」

たとえ許してもらえなくても、幻滅されていたとしても、出会ってくれてありがとうと伝えたい。

『好き』と言ったのは彼が初めてだが、『さよなら』を言うのも初めてになりそうだ。

翌日の土曜日の朝九時、病室のドアがノックされた。

先ほど看護師がやってきて、朝食を片付けていったばかりだ。点滴の交換にもまだ早い。今度はなんの用だろうと不思議に思いながら「どうぞ」と答えた。

ゆっくりと引き戸が開く。そこに立っていたのは看護師ではなかった。

白いシャツにスラックスを合わせた彼が部屋に入ってくる。比較的フォーマルな格好をしているのは、このあと会社に顔を出すつもりだからだろうか。土曜日でも彼は仕事がある。

「翔琉さん……」

驚く私とは裏腹に、彼は腹を据えたかのように冷静に微笑んだ。

「具合はどう?」

病室に足を踏み入れ、しゃべりやすい位置で立ち止まる。

今日は彼が遠い。ふたりの物理的な距離が心の距離をそのまま表しているようだ。

「まだ熱は下がっていませんが大丈夫です」

正直体は重くてだるい。体内で炎症が起き、胸やお腹がじんじん痛む。無理に動けば、またすぐ倒れてしまうだろう。

「まだ面会時間ではないですよね？」

「今朝、意識が戻ったって連絡を受けて飛んできた。時間については、看護師も目を瞑ってくれたみたいだ」

昨晩は遅くまで意識が戻らなかったから、心配しているだろうと看護師が気を利かせてくれたようだ。

「昨日より少しだけ顔色がよくて安心した。早く退院できるといいんだけれど」

なにげない言葉に胸がしゅんと縮こまる。

過労で倒れたのとはわけが違う。数日休んで回復とはいかない。中身はズタボロで、これから長い闘病生活が始まる。

「私の病について、先生から聞きましたか？」

尋ねてみると、今度こそ彼は眉を下げて悲しげな顔をした。

「ああ。聞いている」

「そうですか」

もう隠す必要がない、そう思ったら肩が軽くなった。自分で想像していた以上に、健康だと騙していたのを気に病んでいたのかもしれない。

私はベッドの上で深く腰を折った。

「黙っていて申し訳ありませんでした」

「星奈……」

「退職届を提出しようと思っています。これ以上、ご迷惑はかけられません」

いつまでも頭を上げないでいると、彼がやってきて腰を屈め、私の両肩を抱いた。

「持病をすべて開示しなければならないなんて規定はない。だから、それに関して責めるつもりはない」

顔を上げると、真摯な、でもどこか寂しげな目が私を待ち受けていて。

「ただ……俺には言ってほしかった。もう少し頼ってほしかった」

どこまでも寛容な彼に胸が苦しくなった。もっと責めてくれれば、いっそ気が楽なのに。

「ごめんなさい」

じわりと視界が滲む。彼の手が背中に回ってきて、私を優しく包み込む。

だがもう彼の優しさに甘えるわけにはいかない。彼の胸に手を当てて、気遣いを拒む。

「翔琉さんに会えてよかった。そばにいられて本当に幸せでした」

なにかを予感したのか、翔琉さんの頬が引きつる。

「星奈……？」

「翔琉さんと過ごした日々は、一生忘れません」

「ちょっと待ってくれ」

彼の手が私の両頬を包み込む。顔を上げると、端整な顔が苦しげに歪んでいた。

「今生の別れみたいに言わないでくれ。働けなくてもいい。ただ生きてさえいれば、ずっとそばにいられるし、また前みたいに旅行だって――」

「私のことは忘れて、ご自身に相応しい女性を見つけてください」

彼の手が愕然としたように頬からすべり落ちる。

震える声で「相応しいってなんだ……？」と呟いた。

「翔琉さんに似合う、素敵な女性とお付き合いを――」

「俺は、星奈に相応しくないって言うのか？」

「違っ、そうじゃなくて、私が翔琉さんに相応しくないと――」

「俺は星奈がいい！　病気だろうがなんだろうが、そんなのは関係ない」

いつもは冷静な翔琉さんが初めて声を荒らげて、かき抱くように私を腕の中に収めた。こんな彼は見たことがなくて、大きく目を見開いたまま彼の胸に顔を埋める。

「病を理由に別れるのは許さない。別れを切り出すなら、俺を心底嫌いになってからにしてくれ」

「翔琉さん……」

思いもよらない言葉に驚いて、抱きしめ返していいのかわからなかった。

嫌われると思っていた。治らない病を抱えた女など、疎まれるかと。

でも、彼は本当の私を知った上で必要としてくれている。

私でいいの？

期待が膨らんでしまい怖くなる。別れる覚悟をしていたはずなのに、まだ彼に未練を持っている自分がいた。

「……大きな声を出してごめん」

彼がゆっくりと体を離す。目は充血していて、涼やかな瞳にきらきらとした細かな光をため込んでいた。

「頭、冷やして出直してくる」

私はかける言葉も見つからず、ただ呆然と彼の背中を見送る。

「最後にひとつだけ言わせて」

そう言って彼はドアの手前で肩越しに振り向き、目を細めた。

「俺は、どんな星奈でも——愛してる」

穏やかに、冷静に、でも言葉の裏にたっぷりと熱情を込めて言い放つ。上辺だけではない、心の奥底からの言葉だと直感した。

本当に私を愛してくれているの？　こんな体なのに？

彼の熱い想いに胸がかき乱され、息が苦しくなってくる。

甘くてほろ苦い痛みだ。切なくて、苦しくて、でも暗闇の中に光が差し込んだみたいに希望に満ちた自分がいる。

私も彼が好きだ。愛している。

彼のためを思うなら離れた方がいいに決まっているのに、そばにいてもらえて嬉しいと感じてしまう。ずっとそばにいてほしいと願ってしまう。

病室を出ていく翔琉さんを見送りながら、私はきゅっと唇を引き結んだ。

母が見舞いに来てくれたのは、その日の十三時。面会時間になってすぐだ。

いつも私の体調を心配して悲嘆する母だが、この日は違っていた。

「お母さん、星奈の彼氏に会っちゃった。あんなにカッコいい人とお付き合いしてたのね」

昨夜、私が眠っている間に、翔琉さんに会ったらしいのだ。しかも翔琉さんは『星奈さんとお付き合いしています』と挨拶したそうで――。

「すごく誠実そうな人ね。星奈の会社の人なんでしょ？　うちの子でよければどうぞどうぞもらってくださいって言っちゃったわ」

「お母さん……」

額に手を当てて項垂れる。ただでさえ発熱で体がだるいのに、頭痛までしてきた。

「あまり期待しないで。長く続くかもわからないし」

鬱鬱と答えると、母は自身の頬に手を添えながら「確かに、あの外見にあの性格じゃ、さぞモテるでしょうね……」と首を傾げた。

「そういう心配をしているんじゃないの。お母さんも誠実そうって思ったでしょう？　そのままの人なのよ。私にはもったいないくらい素敵な人なの」

とにかく仕事熱心でストイックで、それでも私と一緒にいる時は脇目も振らず見つめていてくれる、真っ直ぐで愛情深い人だ。

「あら、ラブラブじゃない」

母はむふふと肩を跳ねさせて、三日月形になった目をこちらに向けた。

「でも私は病気だから、彼の想いに応えられるかわからない。誰かとお付き合いできるような体じゃないもの」

わずかに声を低くすると、複雑な心境を察したらしく、母は困った顔をした。

「でも星奈に信頼できる人ができたら、お母さんは嬉しいな」

ぽつりと呟いて、目を逸らすように窓の外を眺める。

「星奈には愛する人と寄り添いながら、少しでも長く生きてほしい。もしかしたらこの先、すごくいい薬ができて、百歳まで生きちゃうかもしれないじゃない？」

「百歳は大袈裟よ」

「星奈が三歳の頃、五年しか生きられないって言われたの。それが今は二十五歳だもの。きっと不可能じゃない」

胸が熱くなり、きゅっと唇を引きしめる。最初は八歳。次は二十歳。私は余命と言われる年齢を超えてきた。

いつ限界を迎えるかわからない体。でも一日一日を丁寧に過ごせば、もっと長く生きられるかもしれない。

「それに、大切な人がいるってだけで、生きる力になるでしょう？」

母がこちらに目を向けてにっこりと微笑む。

常に死をカウントダウンしながら生きてきた。

限られた時間の中でなにができるか、なにをしたいか。どうやったら悔いのない最期を迎えられるかと、終わり方ばかり考えていた。

でも、今は少し違ってきている。

教授から言われた言葉が、ふと頭をよぎった。

『君の行動は、命をすり減らしていると言っても過言じゃない』

誰かを悲しませないために、自分を大切にするために、時には妥協や我慢も必要なのかもしれない。

今は少しでも長く愛する人たちとともに生き続けたい。

もう倒れるような無茶はやめようと、そっと心に誓った。

その日の夜。面会時間終了間際の十九時五十分、ノックの音が響いた。

「はい」と応じると、部屋に入ってきたのは翔琉さんだった。

「朝はムキになってごめん。俺もいろいろと混乱してて」

申し訳なさそうに頭を下げる彼に「私の方こそ」と首を横に振る。

彼は「これ」と手に持っていた袋を掲げる。中に入っていたのはフラワーアレンジメントで、赤やピンクなどの快活なビタミンカラーがバスケットに並んでいた。

「すごく綺麗。元気をもらえそうです」

「そう言ってもらえてよかった」

アレンジメントを窓台に置き、ベッドに向き直る。切なげな眼差しでこちらを見つめる彼に、私の方から話を切り出した。

「『愛してる』と言ってもらえて、嬉しかったです」

熱が落ち着いてきたせいか、朝よりも幾分か冷静だ。今ならちゃんと向き合える気がした。

「でも私の余命は、将来を誓えるほど長くないんです」

もし私の体を蝕む病が治るものなら、きっと応えていたと思う。

だが、余命〇年。これが私の現状だ。

「明日死んでも不思議じゃない。そんな状況で、無責任に『愛してる』とか『一緒にいてほしい』なんて言えません」

私はそれでもいいかもしれない。命尽きる瞬間まで彼に愛されて幸せでいられる。

でも残された彼はどうなるの？　私がお墓に入った後も、一生癒えない傷を抱えて生きていかなければならない。

「もっと早くにお伝えするべきでした。私もこうやって倒れるまでは、なんとなく生き続けられるような気がしていたんです。でも一度この病の苦しみを思い出すと、嫌でも死ぬ瞬間を考えさせられます」

翔琉さんの心配そうな表情をもう何度も目にしてきた。二度とあんな顔をさせてはいけないんだ。

言い終えてそっと目を閉じると、右手に温もりが触れた。

目を開けると、彼が手を握っていて、真摯な表情でこちらを覗き込んでいた。

「だったらなおさら、そばにいさせてくれ。一分一秒離れたくない」

悲痛な囁きに、胸がギュッと詰まる。

「それに『明日、死んでも不思議じゃない』って、それは誰もが言えることだよ。君だけ確率が数パーセント高いってだけだ」

「そういう問題じゃ」

「そういう問題だよ。誰も『何歳まで生きられる』なんて明確に保証できない。だから別れようとはならないだろう」

「でも……！」

どうしてわかってくれないのだろう。どうして。私はいつ死ぬかわからなくて、体調も不安定で、幸せな未来なんて描きようもないのに。

女性は世の中にいっぱいいる。私より美人で、健康で、賢くて、素敵な女性はたくさんいて――。

「星奈」

突然頬にキスをされ、思考が中断した。

まるで彼の唇の温もりが、私の中に巣食う負の感情を浄化していくようだ。ふうっと体が楽になって、視界が明るくなった。

「不確かな未来に怯えるのはやめよう。俺は今、君を愛してる。この気持ちは抑えられそうにない。明日も明後日も、きっと同じ論争を繰り返すに決まってる」

彼の腕が背中に回り、優しく私を抱き寄せた。よく知る彼の香りがふっと鼻孔を掠め、鼓動が高鳴ると同時にホッと安らいだ。

この腕の中にいたい。許されるなら、ずっと。

「この命が尽きるまで愛し合おう。君も同じ気持ちでいてくれてるんだろ？」

「私、は――」

彼を愛してる。離れたくない。これほど命が惜しいと感じたのは初めてだ。

「君の命が尽きる最後の一秒まで、俺はこの手を離さない。永遠に愛し続けると誓う」

指先をきゅっと絡められ、彼の体温が指のつけ根から流れ込んでくる。

「私も。愛してる。もっともっと生きて、あなたのそばにいたい」

熱い涙が頬を伝っていく。

彼は慰めるようにキスをくれて、溢れんばかりのこの愛に応えてくれた。


月曜日の朝には平熱に戻っていた。

午前中に血液検査をして、午後の回診の時間、担当医と伏見教授が結果を持って病室にやってきた。

思った以上にいい数値だったらしく、伏見教授はご機嫌だ。

「顔色もなんだかすっきりしているね。いいことでもあったのかな?」

さすがの洞察力。お見通しという顔で尋ねられ、私ははにかみながら答えた。

「恋人が見舞いに来てくれたから、でしょうか」

担当医は驚いたように目を見開いているが、伏見教授はやっぱりという顔でにやりと笑みを深めた。

「精神の安定が回復に繋がったのだろうな」

担当医も「病は気から、と言いますしね」と納得したように頷く。

「退院までしばらくかかると思っていたが、この調子ならそう遠くないかもしれない」

伏見教授の言葉を聞いて、胸に希望が広がる。

まだ生きられる。翔琉さんと一緒にいられる。

取り留めた命を、大事に未来へ繋げようと思った。


火曜日の夜、翔琉さんが見舞いに来た。会社帰りに寄ってくれたらしくスーツ姿だ。

「顔色がすごくよくなったね。安心したよ」

私の顔を見ながら穏やかに微笑む。

熱が下がり、血液検査の結果も入院当初よりぐんとよくなった。

もちろんここで気を抜いてはまた悪化してしまうので、安静は必須なのだけれど。

「ありがとうございます。もう少しよくなったら、一度退院できるかもしれないと先生がおっしゃってました。安静にしていなければならないので、復職せず自宅療養になると思いますが」

「それについてなんだが」

翔琉さんはあらたまって切り出すと、部屋の端にある小さな椅子に腰を下ろした。

「退院したら、一緒に暮らさないか？」

突拍子のない提案に、聞き間違いかと思って「はい？」と尋ね返す。

今、一緒に暮らすって言った？

「うちで療養すればいい。俺もできる限りそばにいるから」

「ま、待ってください！　私、退院したら実家に戻ろうと思っていて」

そもそも出勤がなければ、都心でひとり暮らしをする必要もない。実家で療養しながら、もう少し体に負担のかからない仕事を細々と始めようと思っていた。

いつか一緒に暮らすとしても、もう少し体力を回復してからでないと彼に負担がかかってしまう。

「こんな体で翔琉さんのそばにいたら、迷惑になってしまいますし」

「心配なのは俺が仕事に行っている間だが、体調が安定しないうちは使用人を雇って看病させてもいいし」

「でも……」

すると翔琉さんはジャケットのポケットから携帯端末を取り出した。

「星奈のお母さんからは、娘をよろしくって言われてる」

見せられたメッセージアプリの画面には、確かに母のアイコンがあった。

【お気遣いありがとうございます】【どうか娘をよろしくお願いいたします】とメッセージが並んでいて、最後に猫がお辞儀をしているファンシーなスタンプが押されている。

「いつの間に母と連絡先の交換を……」

私の知らない間に翔琉さんと母が仲良くしていたなんて、なんだか気恥ずかしい。

「一応、伏見教授にも相談したんだ」

「伏見教授に⁉」

「君をずっと診てくれているんだろう？」

私はこくりと頷く。ふたりが話している姿はさらに想像できなくて不思議な感じがする。

「数値が安定するまでは安静が第一だけど、ある程度体調がよくなれば家事をするくらいかまわないってさ。新婚生活でもなんでもしてくれって言われた。あ、血圧が上がるような行為は禁止って念を押されたけど」

それって、エッチはするなって意味だよね。教授にそんなことまで見透かされるなんて、次に顔を合わせた時、いったいどんな顔をすればいいのやら。

「それと、これはまだ俺と武久の間だけの話なんだけど」

不意に出た武久さんの名前に肩がびくりと跳ねる。

結果的に武久さんにも迷惑をかけてしまった。私が現場を抜けた穴を埋めているのはきっと彼だ。きちんと謝罪できていない負い目もある。

「手の回らない書類仕事が結構あるみたいなんだ。俺や社長室の面々の負荷も、将来的には減らしていきたいって思ってる。在宅ワークで簡単な書類仕事を引き受けてみる気はないか？」

あまりにも前向きな提案に、驚いて声が出なくなった。

私、まだあの会社にいていいの？　てっきり追い出されるかと思っていたのに。

「もちろん、これは体が本調子になってからの話だ。俺個人としては、君さえ望まないなら働かなくてもいいと思っている。今後のお金や生活のことなら、俺がいるから心配しなくていい」

今、さらりと養う体で言われた気がするけれど。驚きに驚きが重なって、もう突っ込む気にもなれない。

「安静にしているのが一番だと思う。でも星奈が幸せじゃなきゃ意味がない」

ドクンと胸が震えた。

時には妥協や我慢も必要なのかもしれない――そんな自身を押し殺すような考え方

がいつの間にか枷《かせ》になり、私の心をがんじがらめにしていた。

「星奈には、夢があるんだよな？」

念を押すように尋ねられ、じんと目の奥が痛む。

子どもの頃は、普通に生きられたらそれでよかった。

けれどある程度体の自由が利くようになって、欲をかいた私が見た夢は『難病で苦しむ患者を救いたい』──それが今の夢。生きる目標。

「これまでのように直接的ではないかもしれないけれど、書類仕事だって充分社会貢献にはなる。君さえよければ仕事を受けてみないか？」

「翔琉さん……」

この不自由な体でどうしたら満足のいく生活を送れるのか、翔琉さんは私のためにいろいろと考えてくれていたんだ。

普通の生活もままならない私だ、支える彼自身の負担も大きいだろうに、それでも一緒にいると選択してくれた。

私はこの想いに、どうしたら応えられるだろう。

「と、まあこれはのちのちの話。とりあえず一緒に暮らそう。一分一秒離れたくないと言っただろ？」

膝の上で手を組み、いたずらっぽい顔でベッドの上の私を覗き込んでくる。

さんざん悩んでいた自分がなんだかちっぽけに感じられて、毒気を抜かれた。

「翔琉さんって、意外と強引な方だったんですね」

勝手に母や教授に話を通して外堀を埋め、さらには武久さんまで協力させた。

私が反論しても、聞く気はないのだろう。追い詰められた半面、心は軽やかだった。

「一度きりの人生なんだ。欲しいものは手に入れていかないと」

「そんな貪欲な一面があったなんて」

「知らなかった？　ここ数カ月、俺は君を落とすのに必死だったんだよ。まあ、武久にセクハラと言われて、かなりやりづらかったけどね」

思わずふふっと笑みをこぼす。

「でも、どうしてそこまで私を？」

想いを告げ合って、まだ一カ月程度しか経っていないのに、そこまでしてくれるのはなぜだろう。情に厚く義理堅い彼らしいと言えばらしいけれど。

「さあ、どうしてかな。運命かなにかだったんじゃない？」

彼はごまかすようにそう答えて、あどけない笑みを浮かべた。

一週間後、退院の許可が下りた。

安静が条件で、一日の大半は体を休めていなければならないけれど、負担のかからない家事なら体調を考慮しつつこなしてもいいと言われている。

ひとり暮らしをしていた部屋は引き払い、引っ越し作業はすべて翔琉さんが手配してくれた。

今日から私は、翔琉さんの家で同棲《どうせい》を始める。

彼の自宅は会社からほど近い立派なタワーマンションの上層階。リビングからは都心のビル群が望めてとても綺麗。

一面に取られた窓から見える夜景は圧巻で、シックなインテリアが気分を盛り立ててくれる。

夜、部屋の灯りを消して窓辺に立つと、無数のライトが眼下で瞬いていて、まるで星空の上を歩いているようだ。

「星奈。そんなに立っていて大丈夫か？」

退院した日の夜。窓辺に立ってずっと夜景を眺めている私に、翔琉さんは心配して声をかけてきた。

「ええ。すごく綺麗なんですもの。夜空に浮かんでいるみたいで」

夢中になる私をくすくす笑いながら、彼も窓辺にやってくる。

「焦らずとも毎日見られるよ。久しぶりに病院を出て疲れているんだから、ちゃんと横になってて」

そう言ってソファに横になるよう促した。

リビングにあるソファはとても大きくて、私が寝転がってもまだ余裕がある。

彼も隣に座って、満面の笑みで私を見下ろす。

「夢みたいです。こんな素敵なお家に住めるなんて」

映画の中でしか見たことがないようなオシャレなインテリアを眺めて、うっとりと息をつく。

でも一番嬉しいのは、彼がずっと隣にいてくれること。

退院日の今日、翔琉さんは会社を休み、一日付き添ってくれた。

明日、明後日は土日でお休み。彼は社長に就任して以来、初めての三連休をもらったそうだ。

「せっかくの連休なのにずっとお家の中ですみません」

彼はしゅんとする私を見つめ、目尻に皺を寄せてくしゃっと笑う。

「三日間、ずっと一緒にいられるんだ。こんなに幸せなことってある？」

屈託のない笑みで返され、まいってしまう。翔琉さんの気遣いは、いつも私の考えの上を行く。

「だが明日、明後日で家に慣れてもらわないと。さすがに月曜までは休めなさそうだ」

平日、私はこの家でひとりお留守番をする。問題なく過ごせるように、キッチンや家電の使い方などを覚えておかなければ。

「まあ、いざとなったらコンシェルジュを呼んでくれればいい。話は通してある。それから腕時計は外さないでおいて」

そう言って自身の手首をとんとんと指さす。

私は左腕の時計をかざして「わかりました」と頷いた。

この時計には位置情報はもちろん、心拍数や血中の酸素濃度の記録、転倒検出機能などがついていて、異常な数値が出ればマンションに併設されているクリニックに連絡がいく。医師や看護師の往診も可能だ。

マンションが提供するサービスのひとつで、ひとり暮らしをする高齢者や体調に不安を抱えている住居者の見守りを目的としている。

当初は翔琉さんが不在の間は使用人を雇う予定だったけれど、さすがに大袈裟すぎると私が拒んだ。結果、このサービスを利用しようという話になった。

「ひとりが不安だったら、お母さんを呼んでもらってもいい。一度家に来てみたいと言っていたから」

「母がそんなことを……」

どうやら私の知らないところで、ふたりは連絡を取り合っている様子。母が翔琉さんにどんなわがままを言っているのか、心配で気が気じゃない。

「今日の夕食のメニューもお母さんに聞いたんだ。星奈はどんな料理が好きかって」

「それで私の好物が並んでいたんですね」

今日の夕食は彼の手作り。ふろふき大根や茄子の揚げびたし、出汁巻き卵など、男飯にしては古風な和食が出てきたから驚いてしまった。

「とっても美味しかったです。お料理、上手なんですね」

「初めて作るメニューだったんだけど、成功してよかった」

「え、あれで初めてですか？」

「うん。まあ、料理自体は結構好きだし。初めてでもレシピを見ながら作れば、だいたいなんとかなるよね」

そうだろうかと首を捻《ひね》る。少なくとも私はレシピを見ながら失敗した経験が多々あるけれど。

そういえば武久さんが『器用なんです、あの人は』と言っていたのを思い出す。仕事だけでなく、料理まで器用にこなすみたいだ。

「それにしても、好きなメニューなら私に直接聞いてくれればいいのに」

そうすれば、もう少し作りやすいメニューを提案したと思う。

「なんでもいいって言うのが目に見えてたから。あるいは、手軽なものを選ぶとか」

翔琉さんが困ったように笑って身を屈め、顔の距離を近付けてくる。

「俺の幸せは、星奈を笑顔にすること。わがままをたくさん聞いてあげたいんだ」

とんでもなく健気な台詞を吐いて、私の額にキスをする。

……これが恋人同士のやり取りなの？

こんなにも甘くて贅沢な時間がこの世に存在するなんて予想もしていなかった。

心が蕩けて彼以外なにも考えられなくなってしまいそう。これが永遠に続けばいいとまで思ってしまう。

「そう言ってもらえるだけで、私は幸せでたまりません」

健康な生活が一番大事だと思っていた。

でも今は不謹慎にも、愛する人と一緒にいられるなら家の中から出られなくても幸せなのではないかと、そんな風に思ってしまった。

……ううん、頼りすぎちゃダメ。彼のためにも元気になって、迷惑をかけないようにしなくちゃ。

瞼を閉じて甘えた思考を振り払った時、穏やかな声が降ってきた。

「星奈は真面目だから、早く体を治さなきゃって焦ってるのかもしれないけど、俺は正直、このままでも悪くないかなって思ってる。ずっと一緒にいられるなら」

頭から追い出したはずの考えが、彼の口から戻ってきてぎょっとする。

翔琉さんまでそう思っていてくれたの？

「もちろん星奈が元気になってくれるのが一番嬉しい。でも病気だろうがなんだろうが、星奈への愛は変わらない」

ギュッと唇をかみしめて、頬が緩んでしまいそうになるのをこらえる。

せっかく自立しようと決意した途端、甘やかすなんて。

「翔琉さんったら、ひどい。そんなことを言われたら、頑張れなくなっちゃうじゃありませんか」

「だから頑張らなくていいんだって」

ははっと笑って私の隣に肘をついて寝転がる。座面が広いソファも、さすがにふたりも横たわるとぎりぎりだ。

「落っこちちゃいますよ⁉」

「大丈夫、こうすれば」

私の背中に手を回し、きゅっと引っついてくる。

確かにこれなら落ちないけれど、いっそう蕩けてふにゃふにゃになってしまいそう。

「星奈、平気？　嫌じゃない？」

「嫌ではありませんが……」

彼の胸に顔を押しつけながら、弱った声で言う。

「血圧が上がって、伏見教授に怒られてしまうかもしれません」

彼がははっと笑う。

「これくらいは大目に見てもらおう。ハグにはリラックス効果もあるっていうし」

そう言って、私を強く抱き竦めた。

それは熟年夫婦の話では？　付き合いたての私たちでは、リラックスよりも興奮が勝ってしまうだろう。

とはいえ、跳ねのける気にもなれなくて、ほろ苦い快楽に身を委ねた。

目を覚ますと見覚えのない天井。でもオシャレなシーリングライトが取りつけられているのを見て、病院ではないとすぐにわかり安堵した。
ベッドに入った記憶がない。私、またどこかで寝落ちしてしまったの？
よくよく思い出すと、リビングのソファで彼に抱かれたまま記憶が途切れていた。
好きな人の腕の中で眠りに落ちるなんて、贅沢な寝方をしたものだ。
彼が目を覚ましたらごめんなさいと――いや、ありがとうと言わなければ。
サイドテーブルの時計は六時を示している。カーテンの隙間から差し込む朝日が、
ぼんやりと自室を照らし出す。
彼が客間のひとつを私の部屋にしてくれた。
上品な花柄のカーテンに、白い木材を使用した棚、クローゼット、そして化粧台。
すべて私のために調達してくれたそうだ。
「一生分の幸せが押し寄せてきたみたい」
はあ、とうっとりした息をついて、腕を額に置く。
どうかこの幸せが夢ではなく、永遠に続いていきますように。
そう願って再び瞼を閉じた。

第九章　手放すつもりはないので、プロポーズの返事はいりません

　夢のような週末が過ぎ、月曜日。

「おはようございます」

　朝七時。キッチンで朝食を作っているところに、彼がやってきた。

　さらりとした素材のラフな白シャツに、グレーのイージーパンツを穿いている。寝間着姿の彼もカッコいい。

「星奈……」

　けれど彼は、私の姿を目にするなり困った顔で額に手を当てた。

「ゆっくり眠っていていいって言っただろう？　朝食作りは俺の仕事だ」

　キッチンにやってきて、私を背後から抱き竦める。

　かと思えば、私の体を調理台の外にどけて、料理の主導権を奪った。

「昨夜は早く寝たから、目が覚めてしまったんです。それに今日はなんだかとても具合がよくて」

「それならいいけど」

とは言いつつも、彼はまだ不満そうな顔で、人さし指の先をつんと私の頬に当てた。

「俺が作った朝食を、星奈に食べてもらいたいんだ。楽しみを奪わないでくれ」

彼なりの計画があったらしい。なんだか少し照れくさい。

「もう少し私が元気になったら、その役目、変わってくださいね」

そう念を押して、できあがったサラダをダイニングテーブルに運ぶ。

彼がトーストに焼きベーコンとチーズ、ポーチドエッグをのせて、エッグベネディクト風トーストを作ってくれた。

「美味しそう」

「美味しいよ」

まだ口にしてもないのに自信満々な彼がかわいい。

ダイニングテーブルに向き合って座り、いただきますと手を合わせる。

彼の作ったトーストは宣言通り、とても美味しかった。

「今夜は会食があって遅くなりそうなんだ。昼食と夕食はコンシェルジュに運ばせるから、君はしっかり安静にして過ごして」

この広い家にひとりきり、丸一日彼とお別れだ。

ほんのり寂しい気持ちが湧いてくるけれど、彼には仕事に集中してもらいたいので、私は元気よく「わかりました」と応じた。

彼が箸を置き、あらたまって真剣な表情をする。

「真面目な星奈にとって、なにもするなって方が苦痛だと思う。でも、どうかそれが仕事だと思って安静にしててくれ。悪化したら苦しむのは俺だと思って」

自分を引き合いに出した方が、説得には効果的だと知っているのだろう。

確かにそんな言い方をされたら無理はできない。

「夜はなるべく家で作業できるようにする。ただ外せない会食は――」

「翔琉さん」

続く言葉を制して、私は手のひらを自身の胸に当てた。

「私のせいで翔琉さんが思いっきり働けないんだとしたら、苦しむのは私だと思ってください」

同じ言い回しでお返しすると、彼は目元を歪めて苦々しく笑った。

「わかったよ。俺は俺のペースを崩さない。君も自分のペースを守って、無理はしないで。ただひとつ――」

テーブルの向こうからこちらに向かって手を伸ばしてくる。応えるように手を取り、指を絡めた。

「どうしてもつらい時はそばにいるから。必ず甘えて」

柔らかな囁き声、手のひらから伝わってくる熱。頬がふんわりと熱を帯び、口角が勝手に持ち上がった。

「はい」

この言葉だけでどんな苦難も乗り越えられる気がする。

昔の私は自分のために病と闘っていた。

でも今は私だけじゃない、彼のためにも精一杯闘おうと思う。

私の病状はストレスの影響を強く受けると伏見教授が言っていたけれど、反対に言えば、幸せいっぱいなら不調も収まるんじゃない？と、これは私の勝手な推論だけど。愛のパワーで病なんて蹴散らせる気がする。彼と一緒にいると、そんな自信が湧いてくる。

やっぱり今、私はすごく幸せだ。

「いってらっしゃい」

玄関で翔琉さんの頬にキスをする。彼は照れる――かと思いきや、涼しい顔で受け止め、「いってきます」と私の唇にお返しのキスをした。

倍にして返されるなんて、彼の方がうわ手だった……。こちらが照れてしまい、熱くなった頬を押さえる。

しばらくはキスの余韻に浮かれふわふわしていたけれど、彼を送り出して一時間も経つと寂しさが押し寄せてきた。

家中がしんと静まり返っている。

予期せず子どもの頃を思い出す。ひとりきりの病室。窓の外で世界は動いているのに、私だけなぜか置いてけぼり。私も外の世界に連れていってほしかった。

――置いていかないで――

いつの記憶だかわからない悲痛な叫び声が、頭の中でフラッシュバックする。

「ダメね、こんなに鬱鬱としていたら。治るものも治らなくなっちゃう」

休むのも仕事、そう自分に言い聞かせながら、リビングに戻ってソファにごろんと横になる。窓の外には青空が広がっていて、ソファの上からでも遠くにある高層ビルの頭がひょこひょこ突き出て見える。

「ここから見えるだけでも、たくさんの人が生活している」

大勢の人がそれぞれ悩みを抱えて生きているのだろう。

そう思えば、私の悩みはちっぽけなものなのかもしれない。

「いつか私も、あの中で……」

世界の一部となって生きていきたい。できることなら、彼の隣で。

普通に生きられればそれだけで満足だったはずなのに、どんどん欲深くなっていく自分が怖い。


彼が帰ってきたのは二十三時過ぎ。待つのをあきらめて寝ようと考えていたところだった。

玄関のドアの開く音が聞こえて、思わずリビングを飛び出す。

「星奈、ごめん。会食の後、社に戻っていろいろ確認しなきゃならなくて——」

私の足音を聞きつけて言い訳を始めた彼だったけれど、私の表情を見るなり言葉を止めた。

「——星奈。大丈夫？」

「ええ。ちゃんと安静にして待っていました」

「お利口だな、星奈は。でも——」

言葉を切ると、私の背中に腕を回し、きゅっと抱きしめる。

「そんな顔をされたら、もう離れられなくなる」

やっぱり彼のいない一日は長かった。でも彼の顔を見た途端、寂しさなんて吹き飛んだ。

大好き、幸せ、そんな思いが涙となって溢れ出てきてしまう。

「ごめんなさい。なんだか嬉しくなっちゃって」

彼のスーツに涙のシミを作っては大変だ。体を離し、指先で目の下を拭う。

「翔琉さんと一緒に暮らしてよかった」

一日の最後に彼の顔が見られてよかった。

ぱちぱちと瞬きして滲んだ視界をならすと、困惑した表情で立ち尽くす彼が見えた。

「そんなかわいいこと言われたら、どうしたらいいかわからない」

掠れた声でそう漏らし、再びギュッと抱き竦める。

かと思えば、突然私の体を持ち上げて横抱きにした。

「わわっ、翔琉さん！　重たいですよ！」

「全然平気。もう何度こうして抱いたと思ってる？」

……多分、六回目くらい？　ほとんど意識がなかったから、正しくはわからないけれど。

彼は慣れた様子で私を部屋に運び、大きなベッドに横たえおやすみのキスをくれた。

彼と生活し始めて三週間。外は夏真っ盛りでとても暑いらしい。

ずっと部屋の中にいる私はピンとこないけれど。もうすぐ通院日になるので、暑さを体感するだろう。

そんな中、思いもよらない話が持ち上がった。

「星奈のお母さんを一度うちにお招きしようと思っていて」

「え？」

「どんなところに住んでいるか知っておいてもらった方がいいだろう？　星奈になにかあったら来てもらうかもしれないし」

「それは……確かに」

朝ご飯のトーストをいただきながら、私はこくりと頷く。

病気の性質上、急に倒れる場合もある。その時、確実に翔琉さんがそばにいるとは限らない。

稀にだけど、海外出張や遠くの支社に顔を出す時もある。駆けつけたくても物理的な距離があったら不可能だ。

「俺としても、星奈のお母さんとはもっと仲良くしておきたいし」

彼のひと言に私は「え」と眉をひそめる。

「この先、一生お付き合いしていく相手だろう？　きちんとコミュニケーションを取っておいた方が、後々助かるはずだ」

……今、さりげなく結婚を前提に話を進めた？

わざわざ問いただすのもためらわれ、口の中のトーストをごっくんと飲み込んだ。

「星奈の調子がよければ、週末にでもお母さんを招いて一緒にご飯をと思うんだが」

「はい、よろしくお願いします。母の予定、聞いておきます」

「あ、大丈夫。予定は聞いてあるから」

え、と目を丸くする。翔琉さんが見せてくれた携帯端末のメッセージ画面には、母とのやり取りが長々と記録されていた。私への連絡より多いんじゃない？

「母が申し訳ありません……」

「息子ができたみたいで楽しいってさ」

快活に笑う翔琉さんに、私は深々と頭を下げてお礼を告げる。

それにしても、母はもう翔琉さんを息子と思っているの？

彼は彼で本気で結婚を考えてくれているみたいだし……。

温かいカフェラテを飲んで、ふうと心を落ち着ける。

そりゃあ翔琉さんとずっと一緒にいられたら嬉しい。

お嫁さんになりたい、そう考えたことがないとは言わないけれど、夢のまた夢だとも思っていた。

翔琉さんの隣でウエディングドレスを着られる日が来るだろうか。

またひとつ夢が増えてしまった。欲深くなっていく私をどうか許してほしい。


あっという間に週末がやってきた。私の体調は良好だ。

翔琉さんが駅まで母を迎えに行ってくれた。私は大事をとってお留守番。そわそわしながらリビングでふたりの到着を待つ。

部屋に足を踏み入れた母は、あまりにも高級な部屋に招かれ唖然《あぜん》としていた。リビングの広さと眺望にぽかんと口を開けたまま、おずおずと翔琉さんを見る。

「あの、失礼ですが、星奈の同僚や上司ではないんですか?」

「今年の春からマーガレット製薬の社長に就任しました。星奈さんには私の秘書をしてもらっていたんです」

「しゃ、社長っ!」

驚きすぎた母がたたらを踏む。

「大丈夫ですか?」

「お母さん落ち着いて、ほら、ソファに」

今にも腰を抜かしそうな母の手を引き、ソファに連れていく。

「まさかそんな立派な方だったなんて」

ソファに座ると、母はバッグからハンカチを取り出して口元を押さえた。戸惑った顔のまま翔琉さんを見上げる。

「失礼ですが、どうして星奈を？　その、言っちゃなんですが、うちの子は体が弱くて、大企業の社長様を相手に釣り合いが取れるかどうか」

私は母の隣に腰かけながら、なにも言えずに押し黙る。自分でも母の言う通りだと思う。

すると翔琉さんは斜め前のソファに座り、「お母さん」と穏やかに切り出した。

「星奈さんは素敵な女性です。真面目で、いつも一生懸命で、心優しくて、感謝を忘れない慎ましさを持っている。それに難しい病に侵されても挫けず、前向きに頑張っている。そんな彼女を応援したいと思ったのです」

翔琉さんの言葉に鼓動がとくとくと音を立てる。私も母も一心に、その誠実な言葉に聞き入った。

「それに星奈さんはとてもかわいらしい人ですから。単純にそばにいたい。隣にいると元気をもらえるんです。病かどうかは、正直関係ない。どんな彼女であれ、私はパートナーに選んでいたと思います」

ふわりと彼が笑う。真っ直ぐな笑顔と言葉は、きっと嘘偽りのない本音だろう。

母は感極まって、口元にあったハンカチを目の上に当てた。

「星奈が、こんな素晴らしい方と一緒になれるなんて、どんなに感謝をしたらいいか」

翔琉さんは姿勢を正し「こちらこそ」と頭を下げた。

「星奈さんを生んでくださってありがとうございます」

母はハッとしたように顔を上げ、今度こそ嗚咽《おえつ》を漏らし、ハンカチに顔を埋めた。

「ごめんなさい。星奈をこんな体に生んでしまって、申し訳ないとばかり思っていたから。まさか感謝される日が来るなんて、夢にも思わなくて……」

母の葛藤が胸に突き刺さり、ずきんと痛む。

母からはこれまで何度も『ごめんね』『もっと元気な体に生んであげられたらよかった』と言われてきた。

私がこんな体になって、一番責任を感じていたのは母だ。

「大変だったでしょう。たくさん気苦労があったかと思います。でも星奈さんは立派に育ちました。お母さんが頑張ってくださったおかげです」

翔琉さんの言葉に、母は体を丸めて肩を震わせた。私の目にも涙がたまっていて、溢れないようこらえるのに必死だ。

翔琉さんはソファから立ち上がり、母の前に膝をついて労うように肩に手を置く。

母に感謝してくれた翔琉さんに、私も感謝を伝えたくなった。

「翔琉さん、ありがとう」

彼はこちらを見て、目を細めて笑みをこぼす。

私まで泣きそうになっているのがバレバレだったのだろう。私の頭もぽんぽんと撫で、母と合わせて労ってくれた。

母が落ち着いた後、マンションに併設されているレストランから昼食をデリバリーした。

三人でのんびり話をしながら、食事をしてお茶を飲んでおやつを食べて。母は十六時頃「お夕飯を作らなくちゃ」と言って帰っていった。

「星奈。嫌じゃなかった？」

翔琉さんにそう尋ねられたのは、母を見送りに行った後だ。

なにも思い当たらなかった私は、ソファに腰を下ろしながら「なにがです？」と尋ねる。

「まだちゃんとプロポーズもしていないのに、結婚する体で話を進めてしまったから」

あっと声をあげて言い淀《よど》む。パートナーに選ぶとか、一緒になるとか、言葉の端々に結婚を前提とした会話が紛れ込んでいるのには気付いていた。

「嫌ではないのですが……喜びと不安でどうしたらいいかわかりませんでした。私、本当に翔琉さんのお嫁さんになれるのかなって」

照れながらも正直に伝えると、翔琉さんが隣に座り私の頭を引き寄せた。

「俺のお嫁さんになってくれる？」

それは今度こそ完全なるプロポーズで。翔琉さんの肩にこつんと頭をつけながら、ぱちぱちと目を瞬いた。

これは夢なんじゃないかと、ちょっぴり疑った。

「こうやって聞くときっと君はいろいろと考え出して迷うだろう？　そうやって返事をもらえないくらいなら、もういっそそのつもりで話を進めちゃおうと思って」

翔琉さんが私の体を抱きしめながら、いたずらっぽく笑う。

確かにプロポーズされた喜びとともに頭に浮かんだのは、私なんかが相手でいいのだろうかという不安。

「もう君を手放すつもりなんてないから。逃げ道を塞ぐような真似をしてごめん」

顔を上げると、狡猾《こうかつ》な目が私を見下ろしていた。

これは全部彼の計算？　私を手放さないための？

「翔琉さんったら、ずるい」

「でも星奈だって俺のこと嫌いじゃないよね？」

「……嫌いどころか。好きですよ。大好きです。でも、それも知っててずるい」

思わずこちらまでふっと笑い出してしまった。

どこまでも彼は賢くて、優しくて、ちょっぴりあざとくて、カッコいい。

「星奈が元気になったら、とびきり素敵なプロポーズをするから待ってて」

そう言って私の頬にキスを落とす。

びっくりして血圧が上がりすぎないように心しておかなきゃ。彼の胸にもたれながら、幸せをかみしめた。


週明けの月曜日。私はコンシェルジュにタクシーを手配してもらい、先月入院した南里病院に向かった。

退院して約一カ月ぶりの通院。伏見教授は自身が身を置く大学病院からわざわざ診察に来てくれた。

血液検査の数値は良好で、引き続き安静を続けるようにとの指示だ。

まだまだ油断は禁物だが、この状態が長く続けば、以前と近い生活に戻れるという。

職場復帰――までは遠いとしても、自宅で家事をするくらいなら問題なさそうだ。

その日の夜。通院の結果を翔琉さんに報告した。

「――というわけで、これからは簡単な料理や洗い物あたりから、リハビリがてら少しずつこなしていこうと思っています」

胸を張って報告すると、彼はソファに腰かけながら複雑な顔をした。

「結果が良好なのはよかったけど、家事は適度にね。星奈はすぐ無理をするから」

大丈夫と言いたいけれど、過去に無理をして倒れているから反論できない。

「くれぐれも気を付けます」

そう言って背筋を伸ばす。

「そうだ、星奈。今週の土日は出勤になりそうなんだ。すまない」

隣に座る私の頭を申し訳なさそうにぽんぽん撫でながら、彼が言う。

「わかりました。大丈夫、思いっきり仕事なさってきてください」

彼の仕事は私の夢にも繋がっている。止める理由なんてない。

……はずなのだけれど。

寂しく思っているのを見透かして、彼は慰めるように私の頬に触れる。

「日曜は早めに帰ってこられそうだから、一緒に夕飯を食べよう」

「はい！」

ひとりでも平気、そう口にしながらも、いざ彼が帰ってきてくれると聞くと無邪気に喜んでしまう私だ。

翔琉さんは「そういうところ、かなわないな」と漏らして、私をきゅっと抱き寄せた。

第十章　さようなら、私ではあなたを幸せにできない

週末の日曜日。朝早く出勤した翔琉さんの帰りを、私はそわそわしながら待つ。

午後には帰ってこられると言っていたけれど、おやつの時間に間に合うかしら。なにか簡単な手作りお菓子を作れないかな？

そう思い冷蔵庫や食料棚を覗くも、お菓子作りをしない翔琉さんがお菓子の材料を常備しているわけがない。あるのは玉子と牛乳とお砂糖くらい。ホットケーキを作ろうにも薄力粉もふくらし粉もない。

そうだ、朝食の残りのパンを使って、フレンチトーストなら作れるかも。

ちょうどいい具合にメープルシロップとマーマレードを発見。トッピングもばっちりだ。翔琉さんが帰ってきたら、フレンチトーストを焼こう。

昼食を食べ一段落した後、準備をしながら彼の帰りを待っていると、ドアフォンが鳴った。

このマンションの一階エントランスには、直接住居に繋がるモニター付きの呼び出しパネルが設置されている。しかし翔琉さんはセキュリティ上、コンシェルジュを介

した来客案内サービスだけを使用している。

社長という役職柄、不審者に狙われる可能性もあるからだ。

加えて日中は私ひとりで心もとない。宅配物や大事な用件があればコンシェルジュに声をかけるはずなので、ドアフォンに出る必要はない。

私はいつものようにチャイムを無視した。コンシェルジュからなんの連絡もないところを見ると、訪問者は帰ったようだ。

それからしばらくして、私の携帯端末に着信が来た。

発信者を見て驚く。相手は美守月乃――妹だ。

彼女は今も実家で暮らしていて、私がひとり暮らしを始めてからはすっかり疎遠になってしまった。連絡が来るのは何年ぶりか。

困惑しながら「はい」と応答すると、《久しぶりー星奈！　元気してた？》という底抜けに明るい声が受話口から響いてきた。

「元気だけど……急にどうしたの？」

《だって、家のチャイム鳴らしても全然玄関開けてくれないんだもん》

思わず「え？」と尋ね返す。まさかさっきのチャイムって……。

《今、星奈んとこのマンションの前にいるの。迎えに来てよ》

「えええ……？」

なんの約束もなく、突然来たの？

せめて事前に連絡が欲しかった。翔琉さんの家なのだから、勝手に人を招き入れるわけにはいかない。

彼のことだから、妹だと説明すれば許してくれるとは思うけれど……。

「先に言ってくれれば、ちゃんとお迎えしたのに」

《それだとお母さんにバレちゃいそうだし》

「内緒で来たの？」

《迷惑かけるからやめなさいだって。相変わらず細かくて面倒くさい人》

反対されたのに来たのね……。ダメと言われるとムキになるのは彼女らしい。

月乃は自由奔放だ。ルールで縛りつけられるのが大嫌い。やると決めたら誰がなんと言おうとやる。人の意見に左右されやすい私とは正反対だ。

「そもそも、どうしてここがわかったの？」

《お母さんの携帯見た》

「覗き見たのね……」

きっと母と翔琉さんがやり取りしていたメッセージをこっそり盗み見たのだろう。

住所が載っていたのかもしれない。

《ねぇねぇ、せっかく一時間半かけてここまで来たんだから入れてよ。私も星奈の彼氏に挨拶したい。リビングからの景色もすごいんでしょ？　見てみたいなあ》

駄々をこねる月乃に、勝手だなあと大きく息をついた。

気は進まないけれど、翔琉さんが結婚まで考えてくれている以上、いずれは紹介しなければならない。彼ももうすぐ帰ってくるだろうし、家の中で大人しく待っていてもらうのが無難だろう。それに部屋に入れなかったら一生ぶつぶつ言われそう。

「受付に伝えておくから、名前を言って案内してもらって」

《オッケー！》

通話を終わらせ、ドアフォンに備えつけられている電話を使い、コンシェルジュに来客案内の依頼をした。

玄関の前で待っていると、やがて高層階用のエレベーターが昇ってきて、コンシェルジュの女性とともに月乃が降りてきた。

「久しぶり～」

ひらひらと手を振る月乃。しかしその姿には違和感があり、私は目を丸くした。

「月乃、その格好どうしたの？」

黒のストレートヘアに、夏らしいひらりとした素材のベージュのワンピース。っていうかそれ、実家に置いておいた私の服じゃない？

加えてほとんど色を使わないナチュラルメイクは、私の顔に似ている——というより、まったく同じだった。

「私と間違われるのが嫌なんじゃなかったの？」

月乃は双子の妹。一卵性で私とそっくりな顔をしている。身長も体重もほぼ変わらないから、同じ格好をするとどっちがどっちだかわからない。

だから月乃は普段、あえて私とは真逆の格好をして、間違われないように気を付けている。大学の頃『道で星奈に間違われるの、ほんと屈辱的』と睨《にら》みつけられたのが忘れられない。

そんな彼女が今日は格好まで私とそっくりだった。

いつもなら茶色のパーマヘアに、しっかりメイク。アイラインもくっきり描き、ピンク系のシャドウを引いている。マスカラで上睫毛も下睫毛もぱっちりで、チークもファンデもリップも抜かりない。俗に言う愛されメイク。

ブランドにもこだわりがあり、服もバッグも高級で、ピンヒールを履いているのだが——。

「だって星奈の彼氏は清純な子が好きなんでしょ？　合わせてあげたんだよ」

どうして月乃が合わせるの？

けらけら笑っている彼女を不思議に思いながら見つめる。

コンシェルジュはエレベーターに戻り「失礼いたします」と一礼して閉めるボタンを押した。

私は彼女に聞こえるように「ありがとうございました」と声を張り上げる。

「で？　星奈の彼氏はどこ？」

きょろきょろと辺りを見回しながら玄関に入る月乃。

「今日は会社だよ」

「え、そうなの⁉　最悪〜」

がっくりと項垂れる。が、すぐに明るい声で「まあいっか、待ってればいつか帰ってくるでしょ」と靴を脱いでずかずかと部屋に上がり込んだ。

「月乃！」

慌ててぱたぱたと彼女の背中を追いかける。

勝手にリビングに入っていった彼女が「きゃ〜、すごい広い！　眺めも最高じゃーん」とソファに飛び乗った。

「ちゃんとお行儀よく待っていてね」

私が念を押すと、月乃は「当たり前じゃない。子どもじゃないんだから」とさっき飛び跳ねたのを棚に上げて口を尖らせた。

「それにしても想像以上のお金持ちだね。マーガレット製薬の社長さんでしょ？ネットで検索したらすごいイケメンだったし、本当に星奈にはもったいないや」

最後のひと言に言葉を失う。

月乃が正直なのは昔からだけれど、今の言い方にはかなり棘《とげ》がある。

「だいたい、なんで星奈みたいなモブがいいとこの社長とお付き合いできたわけ？どんな手使ったの？」

ぐさりぐさりと胸を抉《えぐ》られているようだ。とはいえデリカシーの問題はあれど、月乃の言い分は正しい。

「仕事でご縁があったの。幸運が続いたのよ」

彼と出会えたのは本当に幸運としか形容できない。

月乃は「ふーん」とおもしろくなさそうにソファの上で足をバタつかせた。

「でも星奈が好きっていうなら、同じ顔で健康な私の方が絶対いいじゃん？」

今度こそ胸に痛みを感じて手を当てる。鼓動が速くなって、息が少し苦しい。

「……月乃こそ、彼氏はどうしたの？　ミュージシャンの人とお付き合いしてるって、お母さんが言っていたけれど」

先週訪れた母が月乃の近況を教えてくれた。アパレル企業の契約社員として働きながら、プライベートではインディーズバンドのギタリストと交際しているのだとか。

しかし月乃は、あははははと甲高い声で笑った。

「ミュージシャンって何カ月前の話？　あんなのとっくに別れたよ。売れるかわからないギタリストにのめり込むほどバカじゃないって」

そう言って私と同じ顔で、私が絶対にしないような不敵な笑みを浮かべた。

「社長の方が断然おいしいって話。お母さんから星奈の彼氏の話を聞いて、羨ましくなっちゃった」

ぞくりと背筋が冷える。まさか月乃は翔琉さんに興味を持っているのだろうか。

「それにしても、本っ当に星奈の彼氏って聖人みたいな人だよね。こんな病弱な女を相手にして。エッチだってできないんでしょ？　普通の男だったら欲求不満で死んじゃうって」

「それ……は」

「あるいは他にも女がたくさんいるから平気なのかな。ま、超ハイスペっぽいし当然か」

　突然翔琉さんを侮辱され、カッと頭に血が上る。

「彼はそういう人じゃない。浮気なんてしない」

　すると月乃は鋭い眼差しをこちらに向けた。

「ねえ。星奈の方はどうなのよ。本当にその人が好きなの？　将来安泰だから利用してるだけでしょ？」

「違う……」

　徐々に苦しくなっていく胸元を押さえながら掠れた声を絞り出す。

「将来安泰とか社長とか、そういうの関係ない……。私は、翔琉さんが心から——」

「だったら別れてあげなよ」

　押し殺すような声にびくりと肩が震えた。

　彼のために別れる、それは私が考えないようにしていたもうひとつの選択肢。

「少なくとも、倒れてばっかの星奈より健康な私の方が全然いいじゃん。どうせ同じ外見なんだからさ」

　残酷だけどその通りで、私は反論もできなかった。

「で？　彼氏はいつ帰ってくるの？」

「……もうすぐ帰ってくると思う」

「ふーん」

興味もなさそうに相槌《あいづち》を打つと、月乃はソファから立ち上がった。

「星奈の顔が怖いから、今日はこれで帰るわ」

月乃にぽんと肩を叩かれる。呆然としていると、肩を引かれ顔を近付けられた。

「彼氏さんとはまた今度、星奈がいない時にゆっくりふたりきりで会うことにするわ」

耳元でそう囁いてリビングを出ていく。「ばいばーい」とひらひら手を振って、振り返りもせず帰ってしまった。

玄関のドアが閉まるとともに、気が抜けてその場にしゃがみ込んだ。心臓がいつもの倍の速さで鼓動を刻んでいる。

その時、腕時計がぴこぴこと鳴った。生体情報を監視するクリニックからの連絡だ。心拍数の異常を感知したのだろう。

応答ボタンを押すと《美守さん、大丈夫ですか?》と腕時計のスピーカーから声が響いてきた。

「お騒がせして申し訳ありません。悪い夢を見て。ですがもう大丈夫です」

適当にごまかすと《不調が続くようでしたら、ご連絡ください》と告げて音声が切れた。

通話を終えた私はソファに寝転がり、これ以上数値がおかしくならないように大きく息をする。

落ち着かなくちゃ、無理やりそう自分に言い聞かせながら、深い呼吸を繰り返す。

私と一緒じゃない方が、翔琉さんは幸せなのでは、これまで何度もそう考え悩んできた。

翔琉さんが私を愛してると言ってくれるから、ふたりでいる時間が幸せだから――そうやって理由をつけて現実から目を逸らし続けてきたけれど。

……彼の負担になっているのは間違いない。

それに無粋を承知で言えば、彼だって女性と愛し合いたいと思う時だってあるはずだ。

私とじゃ、愛し合えない。結婚したとしても子どもを産めない。

彼が切り出さないのをいいことに、その事実から逃げてきた。

私がパートナーで、彼は幸せになれるのだろうか。

そんな不安がいまだかつてないほど膨らんで、私の小さな胸を圧迫した。

　月乃が去ってしばらくすると翔琉さんが帰ってきた。

　帰宅早々、青ざめた顔で私のもとにやってくる。

「さっき具合が悪かったみたいだけど大丈夫？　一応クリニックからは問題ないって連絡が来たけど」

　携帯端末を持ち上げて心配そうに尋ねてくる。

　どうやら腕時計が異常を検知すると、翔琉さんの端末にも連絡が行くみたいだ。

「もう平気です。でもお料理はやめておきます。すみません、キッチンに道具を出しっぱなしで」

　翔琉さんが怪訝《けげん》な顔でキッチンを覗く。ボウルやホイッパー、食パンにメープルシロップ、お砂糖が調理台に置きっぱなしになっている。

「なにを作ろうとしてたの？」

「フレンチトーストを」

「オーケー。俺が作るよ。少し待っていて」

　そう言うと彼は一度自室に戻り、シャツとイージースラックスに着替え、キッチンに入っていった。シャツを肘までまくり、冷蔵庫から玉子と牛乳を取り出す。

「あの、翔琉さん」

呼びかけると彼がこちらを向いた。

月乃の話題はあまり出したくないけれど、部屋に入れたからには説明しないわけにはいかない。

そのうちコンシェルジュからも報告がいくかもしれないし、いざバレた時に隠していたというのも気まずい。

「ついさっき、妹が来たんです。少しだけここでおしゃべりして、すぐに帰りました。今度あらためてご紹介しますね」

驚くかと思いきや、彼は涼しい顔で「ああ」とだけ口にした。あまりにもクールな反応に違和感を覚える。

「……妹さんとは、下ですれ違ったよ。君とそっくりで少しだけ驚いた」

すっと血の気が引いて唇を引き結ぶ。

月乃の台詞が頭をよぎる。『星奈がいない時にゆっくりふたりきりで会うことにするわ』――偶然とはいえ本当にふたりきりで会っていたなんて。

私のいないところでどんな会話をしたのだろう。連絡先の交換もしたのだろうか。

再び胸が苦しくなってきて、慌てて瞼を閉じて深呼吸した。また腕時計が鳴っては大変だ。

「妹──月乃とはどんな話を？」

「簡単な自己紹介程度しかしてないよ」

ボウルにカラカラとホイッパーの当たる音がする。

翔琉さんにしては口数少なく、曖昧だ。私が不安そうにしていると、いつもは丁寧すぎるくらい説明してくれるのに。

……月乃となにかあった？

本当はもっと深い話をしたのではないか、そんな疑惑がよぎって私の心身を蝕んだ。

退院して二カ月目の通院日。

このところ具合が悪い。動悸や息切れがひどかったり、めまいがして立ち上がれなくなったり。微熱を出す日も増え、病が悪化しているのは明らかだった。

「今日は俺も通院に付き添うよ」

そう言って会社を休もうとする翔琉さんを、なんとか思いとどまらせた。

「翔琉さんはきちんと出社してください。責任ある立場なんですから」

「最近、やつれただろう。食欲も減っているみたいだし、微熱もある」

「大丈夫です。私にしてみたらよくあることですから」

必死にごまかそうとする私の頬を両手で包み込んで、翔琉さんが顔を近付けてくる。

「よくあることじゃない。命に関わることだ」

眼差しから真剣さが伝わってくる。心の底から心配してくれているのだ。でも私は――。

「翔琉さんの足を引っ張るくらいなら、私は別れを選びます」

「星奈……！」

彼が悲痛な叫びをあげる。棘のある言い方になってしまったのは、追い詰められているせいだ。月乃の言葉がどうしても頭をよぎってしまう。

「タクシーまでコンシェルジュに付き添ってもらうので大丈夫です。病院に着きさえすれば、外来はすぐですから」

こんな言い争いをしていても仕方がないと、慌てて笑顔を取り繕う。

彼は私のためを思って言ってくれているのだから、邪険にしてはダメだ。

そう理解はしているものの、焦りが勝手に口を滑らせる。

「不安なら、これで私の居場所を確認してください。午後にはマンションに戻ってきてるはずですから」

「星奈」

私は腕時計を指さした。心拍数などの生体情報だけでなく、ＧＰＳ機能もあるから居場所がわかる。

「……わかった。だが、約束してくれ」

彼が私の右手を取り、小指を絡めてくる。触れ合うわずかな指先から温もりが伝わってきて胸が熱くなった。

「不安な時は頼ってくれ。そのために俺がそばにいるんだから」

「翔琉さん……」

どこまでも彼は優しくて、私を大事にしてくれて、自分をないがしろにする。だから余計に苦しい。一度頼り始めたら、際限なくもたれかかってしまいそうで嫌だ。

重荷にだけは絶対になりたくない、そう思いながら彼を仕事へ送り出した。

南里病院の外来。入院時から担当してくれている医師と、アドバイザーとして来てくれた伏見教授は、急いで出してもらったという血液検査の結果を見て眉をひそめた。

「正直言って、あまり芳しい数値ではないかな」

担当医がやんわりと結果を告げる中。

「自覚症状通りの数値だ。退院する前に逆戻りしている」

伏見教授が率直に言い放ったので、担当医は隣で軽く引いていた。

「日常生活で無理をしましたか？」

「いえ、安静は続けていたのですが……」

原因はわかっている。体力面ではなく精神面の問題だ。

月乃に言われてからずっと、翔琉さんとこのまま関係を続けるべきか悩んでいる。

私がいない方が彼は幸せになれるんじゃないか。私の苦難に彼を巻き込んでしまっているのでは。

そんな罪の意識が拭えず、胸の痛みが日々増していく。

入院しなさい、そう言われると思い膝の上の手をギュッと握りしめていると、伏見教授はしばし考えた後、端的に言い放った。

「二週間後に再検査だ。結果を見て入院の可否を考えよう」

「え？」

正直、意外だった。こういう時、教授はだいたい入院を勧めるのに。

担当医もわずかに驚いた顔をして「では、二週間後に予約を入れておきますね」と電子カルテに入力した。

「タクシー乗り場まで送ろう」

そう言って教授は、私と一緒に診察室を出た。会計を待つ間、一緒に待合室に座っていてくれる。

教授、今日はいったいどうしちゃったんだろう。

ここまで付き添ってくれるのは初めてだ。

これまでは母と一緒に通院することも多かったから、私を見送る必要はなかったのかもしれないけれど。それにしたって会計まで一緒に待ってくれるなんて、失礼な言い方だがあまりにも親切で彼らしくない。

今日はひとりにするのが心配になるほど数値が悪かったのだろうか。でも、それなら真っ先に入院しろと言いそうなものなのに。

不思議に思いながら院内薬局で順番を待っていると、突然教授が切り出した。

「恋人と喧嘩でもしたのかい？」

思いもよらぬ豪速球。心臓が止まりそうになる。危うくまた腕時計がぴこぴこ音を立てるところだった。

「いえ、喧嘩だなんてしていません！　……ただ」

教授の推理はいつも正しい。さすがは研究者だ。

「いろいろと気がかりなことがあって。少し悩んでいたかもしれません」

しゅんとうつむくと、教授は淡々とした表情で腕を組んだ。

「君の場合は昔から、ストレスが症状に色濃く反映される。以前にも一度あったね。強いストレスを受けて脳炎になり、奇跡的に助かったことが」

「え……」

身に覚えがなくて、ぽかんとしてしまった。

何度かひどい熱を出して寝込んだ記憶があるけれど、脳炎なんてあったかしら？

強いストレスってなんだろう。

覚えてないのは、私がまだ幼かったせいかもしれない。

「私としては入院を勧めたい数値だが、入院したところでストレスの原因が消えない限りは快方に向かわないだろう」

それで教授は帰宅を許してくれたの？　もしかして彼はストレスから逃げるなと――恋人ときちんと向き合えと言ってくれている？

「私は君にとってプラスになると踏んで、恋人との同棲を許可した。もしこれ以上好ましくない結果が出るなら、ドクターストップを出さなければならない」

そう言えば翔琉さんは、教授に同棲の許可を取ったって言っていたっけ。

同棲のドクターストップなんて聞いたことがないよ。

「わかりました。ちゃんと解決させます」

私の回答を聞いても教授は、いつもと変わらず澄ました顔をしている。

でもほんの少しだけ、口元が緩んだ気がするようなしないような。その表情はどこか穏やかだった。

薬を受け取り、私たちはタクシー乗り場へ向かう。

「ありがとうございました」

教授は私がタクシーの後部座席に乗り込むのを見守ると、ドアが閉まる瞬間、ぽつりと漏らした。

「翔琉を頼んだよ」

……え？　今、なんて？

聞き直そうとドアに手をかけた瞬間、車が発進してしまった。あっという間に病院が遠ざかっていく。

今、『翔琉』と呼んだ？　ううん、そんなはずはない。ふたりが名前で呼び合うほど親しくなるとは思えない。きっと聞き間違いだ。

帰ったら一応翔琉さんに聞いてみよう、そう考えながらタクシーに乗っていると、携帯端末が震え出した。

発信者は月乃だ。びくりとして端末を持つ手に力がこもる。

「すみません、運転手さん。電話をしてもかまいませんか？」

「かまいませんよー」

私は端末を耳に当てる。「はい」と応答すると、周囲の雑音がひどかったのか《星奈？　今どこー？》と不機嫌な声を出されてしまった。

「タクシーの中だよ。病院帰り」

《そっか。体調は？　変わりなし？》

「うん……ちょっと悪いかな」

《へえ》

月乃の声が嬉しそうに跳ね上がる。まるで私の不調を楽しんでいるかのようで、いい気がしない。

《ねえ星奈、実家に帰ってきたら？　家の方が気が休まるでしょ？　翔琉さんにも迷惑かけないで済むし》

「それは……」

確かに月乃の言う通りなのかもしれない。でも同棲の解消は、翔琉さんとの関係の終わりを意味する。

『一度きりの人生なんだ。欲しいものは手に入れていかないと』

翔琉さんの言葉が蘇る。彼にとって一度きりの人生、そして私にとっても一度きりだ。玉砕して振られるならまだしも、自ら身を引くのは……間違っている。

やっぱり私は翔琉さんのそばにいたい。何度悩んでもその結論は揺るがない。

「月乃。やっぱり私は――」

翔琉さんのそばにいる、そう言おうとした時。

《ごめん星奈。私、翔琉さんと寝たわ》

「……は？」

月乃の言葉が理解できず、頭が真っ白になる。

突然なにを言っているの？　寝るってそんな、嘘でしょう？

《黙ってるのも悪い気がしたから、一応報告》

「……冗談はやめて」

《冗談じゃないってー。星奈の顔と体でしてあげるって言ったら、喜んでついてきたよ。翔琉さんはか弱い星奈じゃ満足できないって。だって男だもん》

ずきん、と今までにないくらい心臓が大きく震えて、体が冷たくなっていった。

胸をギュッと押さえて身をかがめる。

翔琉さんがそんなことするはずがない。月乃の挑発に乗っちゃダメ。私は翔琉さんを信じなきゃ。

でも――。

体は正直で視界がぼんやりと滲んできた。呼吸しにくいのは、動悸のせいか涙のせいかわからない。

月乃が訪ねてきたあの日、翔琉さんが彼女とのやり取りを濁していたのは偶然？

あの日、もしも翔琉さんが月乃と連絡先を交換していたら。月乃と意気投合していたら。快楽に身を委ねたいと――愛し合いたいと思ってしまったら。

《やっぱりヤれる女がいいってさ。それだけ伝えたくて電話したの。早く実家に帰っておいでー》

ぷつりと通話が切れる。すでに意識が朦朧《もうろう》としていて、真っ直ぐ座っていられなくなっていた。

「お客さん？　大丈夫ですか？　お客さん⁉」

運転手の声が聞こえる。返事もできず、私はシートに体を転がした。

――息が苦しい。感覚が消えていく。

運転手はタクシーを路肩に停止させると、後部座席のドアを開け「大丈夫ですか⁉︎救急車呼びますか⁉︎」と呼びかけた。腕時計がぴこぴこと音を立てている。瞼の重さに抗えず、私は目を閉じ、そのまま意識を失った。

次に目が覚めた時には無機質な天井が見えた。床頭台、点滴、心電図モニター。ああ、またここに逆戻りしてしまったと落胆する。

今回は酸素マスクまで取りつけられていて、口の周りに独特な不快感がある。まだ少し息が苦しく、頭がぼうっとした。

「星奈くん、聞こえるか？」

呼びかけられ意識がはっきりしてくる。今日も死神めいた格好の伏見教授がベッドの脇で私を見下ろしていた。

「まさか別れて一時間と経たずに会えるとは思わなかった」

さすがの彼もブラックジョークを口にしながら苦笑している。私は思わず「ごめんなさい」とくぐもった声で謝った。

「許してくれ。退院を勧めた私の判断は間違っていた」

どこか寂しそうにそう告げる。

謝らなければならないのは私の方だ。

せっかく送り出してくれたのに。この壁を乗り越えられると信じてくれたのに。

期待に応えられなかったのが悲しくて、涙が滲んだ。

「前回の入院時よりも数値が悪い。放っておけば命に関わるレベルだ。より処置がしやすいよう、うちの大学病院に移送しようと思う。かまわないね？」

胸やお腹の疼痛《とうつう》が、症状の重さを物語っていた。難病の随伴症状だ。体内で炎症が起き、水がたまっているのだろう。息がしにくいのは肺や心臓が圧迫されているから。

頭がぼうっとするのは、おそらく高熱のせいだ。

ここまで悪化してしまったら、医師にすべてを任せるしかない。

「教授……お願いがあります」

声が小さすぎてよく聞き取れなかったのか、教授はベッド脇にしゃがんで耳を近付けてきた。

私はざらざらする喉を精一杯広げ、掠れた声を絞り出す。

「恋人には——翔琉さんには、転院先を伝えないで」

第十一章　今度こそ彼女を救ってみせる

星奈の通院日。付き添うつもりでいたが、ひとりでも大丈夫という彼女に押し切られ会社に向かった。

車を走らせながら彼女を思い、不安を募らせる。

……なにかがあってからでは、遅いんだよな。

約一カ月前、彼女がつけている簡易モニターから異常を知らせる通知が届いた。

その時は大事には至らなかったが、あのあたりから彼女は具合が悪そうにしている。

とはいえ、嫌がる彼女に無理やり付き添うわけにもいかない。

仕方がないので最終手段に出た。

会社の地下駐車場に車を止めた俺は、携帯端末の履歴からとある人物の番号を探し出しコールする。

「――伏見教授、おはようございます」

白々しく教授と呼んで挨拶すると、受話口からゆったりとした低音が響いてきた。

《おはよう。星奈くんがどうかしたかい？》

話が早くて助かるが、単刀直入すぎるのではないだろうか。

俺からの連絡は、星奈に関する場合のみとでも言いたげだ。

これでも一応血の繋がりがあるはずなんだが、と虚しさが湧き上がる。

とはいえ、長い間連絡を絶っていたのは俺の方だ。『教授』などと他人行儀な呼び方をしているのも。

「通院に付き添おうと思ったんですが、拒まれまして。最近、彼女は頑なで」

彼がふっと笑みをこぼした。振り回されている俺がおもしろくてたまらないといった様子だ。

「注意して見てやってもらえませんか。どうも具合が悪そうなので」

《主治医として注視するのは当然だ。だが君が言いたいのはそういう話ではないのだろう》

皮肉めいた言い回しをされ、苦笑した。親バカならぬ彼女バカとでも思っているのだろうが、なんとでも言ってくれ。

《……丁重に出迎え、帰りはタクシーまでエスコートしよう。それでかまわないか？》

「ええ。助かります」

安堵の息を漏らし、通話を終わらせる。これで多少は気が軽くなった。

彼女の態度に違和感を覚えるようになったのは、ちょうど体調を崩し始めた頃からだ。甘えるのを拒み、距離を置くようになった。彼女らしいあどけない笑顔も最近は見ていない。

体調が優れずナーバスになっているだけならまだいいのだが。変化の原因が思い当たらないわけでもない。

◇◇◇

約一カ月前、休日出勤を余儀なくされた日曜日のことだ。

仕事を終え帰宅しようと車に乗り込んだ時、携帯端末に通知が届いた。星奈がつけている簡易モニターの異常検知機能だ。脈拍が不安定になっているという。

血の気が引き急いでクリニックに連絡を取ると、すでに本人に確認済みで、大きな問題はなかったと報告を受けた。

しかし嫌な予感は拭えず、急ぎ車を走らせる。

マンションのエントランスに到着し、車をスタッフに任せて、足早に部屋に向かう。

ロビーの前を通りかかると、ソファに座っていた女性がすっと立ち上がりこちらに歩いてきた。

ベージュのワンピースを着たストレートヘアの女性。星奈と似た背格好にまさかと思い立ち止まる。うつむきがちな顔が前を向き、彼女だと確信する。

「星奈！」

なぜこんなところに？　違和感を覚えながら呼びかけると、女性はニッと笑みを浮かべた。その瞬間、背筋が凍る。

違う。彼女は星奈じゃない。同じ顔をしているが、表情が違う。まるで星奈の中に別の人格が宿っているかのようだ。

「君は……誰だ？」

足を止め尋ねると、女性はつまらなそうな顔をして、気だるく息をついた。その表情も星奈とは似ても似つかない。

「気付いちゃうんですね、すごーい。こんなにそっくりにしたのに。それとも、星奈から聞いてました？　双子の妹がいるって」

「妹がいるとは聞いていたが、双子だったのか。君が星奈の？」

「初めまして。月乃です」

彼女が手を差し出してくる。艶っぽい身のこなしで首を傾げ、こちらを見上げてにっこりと微笑んだ。

「祇堂翔琉です。お姉さんとお付き合いさせてもらっています」

仕事の時と同じように、彼女の手を軽く握り返す。すると彼女はその手を両手で握り込み、するりと体を寄せてきた。

「素敵な方だと聞いて、お会いできるのを楽しみにしてたんです。今日は星奈に追い返されちゃったんだけど、最後にお会いできてよかった」

擦り寄ってくる仕草は自信に満ちていて、表情からは狡猾さが透けて見える。姉と外見はそっくりでも性格は随分違うようだ。

「それは失礼。私が留守だったもので、星奈は気を遣ったのでしょう」

「ううん。星奈は私を翔琉さんに紹介したくないだけよ。星奈は昔から私が嫌いなんです。健康だからってひがんでいるんだわ」

「星奈はひがむような女性とは思えませんが」

「それは翔琉さんの前だからですよぉ。家だと横暴でひどいんです。病気だからって両親も強く言えなくて、わがままに育っちゃったから」

まるで他人の話を聞かされているようで、まったく心に響かない。

星奈が横暴——そんなわけがない。いっそもっとわがままに育ってくれたらよかったと思うくらいだ。

少なくとも姉妹関係は見えてきた。姉の恋人にこれだけ悪口を吹き込むくらいだから、仲は悪いのだろう。

「ねえ翔琉さん。連絡先、交換しませんか？　姉についてもっとお話ししたいですし」

彼女がバッグから携帯端末を取り出す。俺は「いや、せっかくだけど」とやんわり断った。

「でも、姉ったら全然連絡くれないし。翔琉さんだけでも連絡が取れたら安心なんですけど」

「連絡なら君のお母さんと取ってるから大丈夫。心配ないよ」

そう言いくるめ、彼女をソファに座らせた。

「そこで待っていてくれ。コンシェルジュにタクシーの手配を頼んでくる。駅まで送らせるよ」

「って、待って！　ちょっと待って！」

慌てて彼女が立ち上がり、俺の腕に縋りついてくる。まったくなびかない相手に焦りを募らせたのか、なりふりかまわず抱きついてきた。

「星奈は翔琉さんが思ってるような女じゃないですよ？　ひ弱な乙女ムーブに騙されてるだけですって」

「星奈は本当に病弱だよ」

「っていうか、星奈はエッチもさせてくれないんでしょ⁉」

彼女は俺の胸に手をつき、縋りついてきた。

捨て身とも言える行動に嘆息する。星奈と同じ顔、同じ格好でも、ここまで態度が違うとちゃんと別人に見えてくるから不思議だ。

「ねえ、翔琉さん。星奈の体と顔で、したいって思いません？」

「悪いけど興味ないな。中身が違うんじゃ興ざめだ」

わざと冷たくあしらって彼女の体を引き剥がすと、プライドが傷ついたのか、ムッと顔を赤くしてこちらを睨んできた。

「星奈のいったいなにがいいって言うの？　病弱ですぐに倒れるし、エッチもできないし、一緒にいたって退屈でしょ⁉」

「とんでもない。星奈といる時間は幸せだよ」

「嘘よ、あの子にそんな価値ない！」

聞くに堪えず、彼女を冷ややかに見下ろした。彼女は一瞬びくりと硬直したが、すぐに負けん気を覗かせ、こちらを睨み返してきた。

「ふたりの間になにがあったかは知らない。だが少なくとも、姉の幸せを壊すような真似は違うだろ」

姉の恋人に陰口を聞かせようとしている時点で、彼女の心の闇がうかがい知れる。

「揃いも揃って星奈星奈って。バカみたい、なんであんな子がいいの？　自分ひとりじゃなんにもできなくて、周りを煩わせてばかりの子なのに」

幼い頃から入退院を繰り返してきた病弱な双子の姉が、彼女の目には忌々しく映るのかもしれない。俺がどうこう言える立場ではないが――。

「俺は星奈を愛してる。そこに文句を言われる筋合いはないよ」

「……っ、うるさい！　病弱ってだけでちやほやされて、なんの苦労も知らないのよ、あの子は！」

叫びながら俺の体を突き飛ばすと、エントランスの外へ駆けだしていってしまった。

彼女のうしろ姿を眺めながら嘆息する。

――『なんであんな子がいいの？』

「君にはわからないのかもしれないな」

周囲にかまわれ愛される姉が憎らしく見えたのか。だが、彼女は星奈が味わう苦痛を知らない。

「妹について、妙に語りたがらないとは思ってたけど」

あの様子ならば仕方がないだろう。

早々に気持ちを切り替え、星奈のもとへ急いだ。

先ほど通知をもらった星奈の体の異変は、姉妹喧嘩が原因なのではないか、そう思いを巡らせながら。

◇◇◇

それから約一カ月。再び簡易モニターが異常な数値を記録した。

早急にコンシェルジュやクリニックに連絡を取ったが、彼女はまだ病院から帰ってきていないという。

伏見教授に連絡を取り、ようやく状況がはっきりした。帰宅途中のタクシーの中で意識を失ったようだ。

やはり無理にでも通院に付き添うべきだった、そんな後悔を抱えながら仕事を切り上げ病院に向かう。

駆けつけると、点滴やモニター、酸素マスクに繋がれた痛々しい姿の彼女がいた。なかなか目を覚まさず、覚ましたとしても一時間と経たず再び眠りについてしまうそうで、何度か見舞いに足を運んだが、会話ができないまま三日が経過した。

四日目の朝。病棟に足を運ぶとベッドがもぬけの殻になっていた。

「伏見教授。彼女の居場所を教えてください」

看護師から『転院した』と聞かされた。

転院先は彼女の意向で伏せられている。GPS付きの腕時計は入院時に点滴をするため外されており、追跡不可能。

すぐさま病棟を出て駐車場に向かった。耳に当てた携帯端末からマイペースな低音ボイスが聞こえてくる。

《彼女が嫌がっているんだ。恋人には教えないでほしいって》

「迷惑をかけまいとしているだけだ、本心じゃない」

あるいは身を引くつもりなのかもしれない。冷静になって思い返してみれば、先月頃からその兆候はあった。

『気を遣わなくていい』と妙に距離を取ろうとしたり、真っ青な顔をしながら『大丈夫』と言い張ったり。

ひとり思い悩み、彼のために別れようなんて極論に至っていても不思議じゃない。

「星奈の病状が俺と生活することで改善される、教授はそう期待してくれたんじゃなかったんですか」

実際、彼女が働いていた頃は病状が安定していた。

これについて教授は、社会貢献に対するモチベーションの維持が彼女の精神を安定させたのだろうと言っていた。

その後、過労でバランスを崩してしまったが、恋人と充実した生活を送ることで、以前と同様、精神が安定するかもしれないと同棲を後押ししてくれていた。

受話口からは返答がない。運転席に乗り込むも、行き先が聞き出せず苛立ちが募る。

「星奈の転院先を教えてくれ――伯父さん！」

懇願するように呼びかけると、彼はあまりにも冷静な声で《翔琉》と諭した。

《私が期待していた通りにはならなかった。現に彼女は今、死の淵をさ迷っている》

ぞっと背筋を冷たいものが駆け抜ける。死の淵――あまりにも重い言葉だ。

《忘れたのかい？　子どもの頃、彼女の身になにが起きたか》

恐怖を思い起こさせるようにゆっくりと告げる。

忘れるわけがない。俺の不用意な言動のせいで彼女が死の淵をさ迷った、あの時のことを。

◇◇◇

父は大手企業マーガレット製薬の経営者で、責任ある立場を担う半面、周囲になにを言われても聞く耳を持たないような人だった。

とくに女性関係は奔放で、既婚者でありながら何人も若い女性を囲っていた。

そんな経緯で生まれたのが俺——俗に言う愛人の子である。

幼い頃、俺は母方の姓である『伏見』を名乗っていた。

認知はされていなかったが、母の口座には口止め料のように毎年養育費が振り込まれ、それなりの生活を送っていた。母は細々と働きながら、俺を丁寧に育ててくれた。

しかし俺が中学生になってすぐ、母は事故で帰らぬ人となり、母の兄の伏見影彦に引き取られた。

彼は研究に人生を捧げる変わり者。俺を引き取るまでは郊外にある研究所にこもりきりの生活を送っていたらしい。

立派な邸宅を持っているくせに、最低限の調度品しかなく冷蔵庫はいつも空。

そんな彼だが、一応中学生になったばかりの甥《おい》っ子を気にかけてくれたようで、ほぼ毎日家に帰ってくるようになった。

夕飯も作ってはくれたが、料理は得意ではないらしく、ところどころ焦げていたり煮えすぎてくたくただったり。具材の大きさがバラバラで「メスはそれなりに扱えるんだが、包丁はな」なんて言ってごまかしていた。

「俺が料理作ろうか？　母さんと暮らしていた時も、たまにやってたし」

そう言って野菜炒めを作ると「翔琉はできた子だ」と褒めながら食べてくれた。

次第に俺は家事係になっていった。風呂掃除や洗濯など、やったことのない家事も、伯父に教われればすぐにできるようになった。

アイロンがけだけは危ないからといってやらせてもらえなかったが。危険度で言えば料理と同じだと思うのだが、伯父は妙なところでこだわる人だった。

モデルルームのように生活感のないリビングが、掃除道具やゲーム、雑誌、学校から持ち帰った工作物などで埋まっていく。

「翔琉は私と違って家庭的だな」

ある日、俺が作った麻婆豆腐《マーボーどうふ》を食べながら伯父が感心したように言った。

「それっていいことなの？　男は家事をするより外で働けた方がいいんじゃない？」

「それは偏見だ。男も女も得意なことをやればいい。私の研究所でも頭のいい女性がたくさん働いているよ」

「でも俺もせっかくなら働きたいよ。伯父さんは難病の人を助ける研究をしているんでしょ？　俺も誰かを助けたいな」

すると、珍しく伯父がふんわりと表情を緩めた。

仕事に興味を示されたのが彼なりに嬉しかったのかもしれない。

「研究室に来てみるかい？」

そう言って次の日曜日、俺を大学病院の研究棟に連れていってくれた。

伯父と暮らし始めて三カ月。七月中旬の出来事だった。

研究棟には見たことのない様々な機材が置かれていて、休日にもかかわらず多くの人が熱心に働いていた。

危険な薬品や病原体を取り扱っている部屋や、セキュリティが厳重な区画は入れず、余計に興味をかき立てられる。

「おもしろそうだね。俺も研究してみたい」

素直な感想を告げると、伯父は誇らしそうに口元を緩めていた。

研究棟から少し離れた場所に病棟がある。伯父が研究している難病の患者も入院していて、データを取らせてもらう代わりに最新の治療を施しているのだそう。

「研究室にばかりこもっていると見失いがちなんだけどね。研究の先には人間がいる」

そう説明して会わせてくれたのは、七歳の少女だった。

彼女は病室でひとり大人しく本を読んでいた。宇宙の図鑑に植物の図鑑、事典など分厚い読み物が床頭台に積み上がっている。

病室の外から、そっと彼女を観察する。四人部屋なのに、入院しているのは彼女だけ。

ひとりぼっちでも動じておらず、慣れっこといった印象だ。

「彼女は幼い頃から難病に苦しめられていてね。入院が続いている」

「ずっとここにいるの？」

「最近ここに転院してきた。ここに来る前も家と病院の往復だったそうだよ」

ということは、学校にも通っていないのだろうか。学校のない生活など、自分には想像がつかなかった。

世の中には病気で苦しんでいる人がいると頭ではわかっていたけれど、初めて現実を体感した。

「ずっとここにいるのは寂しいだろうね」

入院が続いているのであれば、友達を作る機会もないのだろう。

「そうだね。話し相手でもいればいいんだが」

伯父がちらりと俺を見る。

「さすがに六つも歳が離れていると、仲良くするのは難しいか？」

もしかして伯父は、彼女の話し相手になるかもしれないと思って俺を連れてきたのだろうか。

「対等な話は無理でも、お兄さんとしてなら話せると思う」

俺は勇気を出して病室に足を踏み入れた。

彼女の冷めた目が一度こちらに向いたが、自分には関係ないと踏んだのか、再び図鑑に視線を落とす。

「なにを読んでいるの？」

話しかけると、今度こそ無視はできないと思ったようで、警戒心を含んだ目をこちらに向けた。

「……お花の図鑑です」

覗き込むと、草花を使った雛《ひな》人形や、花冠の作り方が載っていた。

「作ったことあるの？」

「いえ。お外には出られないので」

……残酷な質問をしてしまったかもしれない。すぐに悔いて取り繕った。

「花、取ってきてあげようか。作るだけなら病室でもできるだろ？」

彼女がパッと顔を上げ、驚いた顔をする。

「そんなことできるんですか？」

「ああ。この花なら、その辺の公園に咲いてた気がするし」

シロツメクサを指さすと、彼女の目がきらきらと輝きだした。ぺこりと頭を下げ、礼儀正しく「お願いします」と言う。

「わかった。じゃあ来週の日曜日、晴れてたら公園に行って取ってくるから」

「ありがとうございます」

病室を出ようと背中を向けると、「あの」と引き止められた。振り向くと、彼女がもごもごとなにかを言いたそうにしている。

「……お名前、は」

ああ、名前が聞きたかったんだな、と腑《ふ》に落ちる。

「翔琉」

「カケル、くん。私は星奈です」

「ああ。よろしく、星奈」

俺はベッドに近寄り、点滴をしていない方の手を勝手に持ち上げて握手する。細くて小さくて白くて冷たい、人形のような手だ。

だが彼女の頬に赤みが差したから、同じ人間なのだとわかった。

「じゃあ、また来週」

それだけ約束して病室を出る。

外では伯父が廊下の壁にもたれ腕を組み、穏やかに目を瞑っていた。

翌週は暑い日だった。公園で朝早くシロツメクサを摘み、袋に詰めて持っていくと、彼女は大喜びしてくれた。

ベッドテーブルの上にシロツメクサを置き、ふたり仲良く花冠を編む。

脆い茎は力を入れすぎると折れてしまうし、優しすぎると解けてしまう。思ったより力加減が難しい。

「星奈。うまいな」

彼女の手元にある作りかけの花冠を指さして言うと、照れくさそうに笑った。

花冠を完成させた後、残った葉を持ち上げて彼女が目を丸くする。

「これ……もしかして、四つ葉ですか？」

「ああ、偶然見つけたから取ってきた」

「ええ⁉　四つ葉のクローバー⁉」

突然興奮し出した星奈に、俺はぽかんと口を開ける。

「知らないんですか？　四つ葉のクローバーってとっても貴重なんですよ？　持っているといいが叶うんです」

大真面目に言われて、思わず笑ってしまいそうになるのをぐっとこらえた。

願いが叶うのは迷信だろう。だが、まだ七歳の彼女の夢を壊すのは気が引けた。

「じゃあ、押し花にでもしてみるか。そしたらずっと持っていられる」

俺はメモ用紙とティッシュで四つ葉を挟み、図鑑のページの間に差し入れた。

「星奈はどんな願いごとをするんだ？」

尋ねてみると、彼女は悩むことなく即答した。

「学校に行って、勉強して、友達と遊びたいです。みんなが普通にしていることを、私もしたいです」

あまりにも素朴な願いごとに一瞬、言葉を失う。自分が当たり前だと思っている毎日を、当たり前に過ごせない子がいる。

「他には？」

胸の痛みをごまかすように尋ねると、彼女は「ええと……」と考え込んだ。

「お嫁さんになりたい、です」

微笑ましい夢に表情が緩む。難病に侵されているとはいえ、彼女はごく普通の女の子なのだと思い知った。

彼女の夢を叶えてやりたい。だが――。

お嫁さんにしてやるって俺が約束するのも、ちょっと違うよな？

出会ったばかりの俺にプロポーズをされても嬉しくはないだろう。そもそも結婚なんてするかもわからないし。

「ちょっと先の話すぎるな。すぐに叶いそうな願いごと、ないの？」

できれば今すぐ叶えてあげられる夢がいい。四つ葉に頼らなくても、俺が叶えてあげられるやつ。

彼女は再び逡巡《しゅんじゅん》して、やがて遠慮がちにこちらを覗き込んだ。

「お花を摘みに行きたいです」

「花、か……」

彼女は病院の敷地から外には出られない。この病棟周辺に花を摘める場所はあっただろうか。

考えを巡らし、病棟の中庭の芝生に、雑草に交じって小さな花がちらほらと咲いていたのを思い出す。

「中庭の芝生なら、花を摘めるかもしれない」

彼女がパッと表情を明るくする。それこそ、花が咲いたかのように。

「じゃあ、星は？　星は見れますか？」

「星かあ。それなら、夜に外へ出てもいいか、先生に聞いておいてやるよ」

彼女が満面の笑みでこっくりと頷く。その笑顔を見ていたら、こちらまで報われたような気がした。

結局花冠はうまくできたが、シーツに土がついて汚れてしまい、看護師さんに叱られた。

翌日、星奈が熱を出したと伯父から聞かされた。

「翔琉との交流がストレスになったんだろうね」

夕飯の席、一緒に作ったシチューを食べながら伯父が漏らす。

「俺と一緒にいるの、嫌だったのかな？」

「いや。ストレスとはすべての刺激を指す。いい出来事も悪い出来事もすべてストレスとなって体に影響を及ぼす。星奈くんは君と一緒に遊べて楽しかったんだろう」

星奈と花冠を作っている間。伯父はちょくちょく病室にやってきて廊下から俺たちの様子を見守っていた。彼女が喜んでいたと聞かされて、ホッとする。

「ねえ。星奈が元気になったら、中庭に連れていってもいい？」

「体調のいい日なら、三十分だけ出てもいいよ。翔琉が車椅子を押してあげるといい」

「じゃあ、星は見に行ける？」

「夜の外出か。難しいが……夕方、屋上に出るくらいならできるだろう」

それからすぐに夏休みがやってきた。頻繁に見舞いに足を運んでは、彼女の夢をひとつずつ叶えていった。

最初は車椅子で。慣れてくると手を繋いで病院中を歩き回るようになった。

彼女はよくはしゃぎすぎて熱を出していたけれど、楽しいと思ってもらえるなら無茶をするかいもあるだろう。

熱は数日ですぐに下がるわけだし、思い出を作る方が優先だと俺は思った。

星を見に屋上へ出て、夜風に当たった瞬間こんこんと咳を出された時はさすがに反省したのだが。

「ねえ、伯父さん。俺って星奈に会いに行かない方がいいのかな」

苦しそうにしている彼女を見て、伯父に尋ねたことがある。

「それは難しい問題だな。君と遊んでメリットもあるし、デメリットもある」

「熱を出すたびに星奈は苦しんでいるんだろ？」

「だが熱の下がるスピードが速くなってきている。これはすごい発見だよ、翔琉」

伯父が珍しく興奮した声をあげる。

「気持ちを上向きにすることで、免疫系の異常に改善が見られるのかもしれない。実際、笑うと免疫力がアップするなんて研究結果もあるくらいだ」

「それって大発見？」

「ああ。薬を作る手がかりになるかもしれない」

俺は心の中でガッツポーズを決める。治療の手助けができた。俺は医者ではないけれど、彼女を救うためにできることがある。

夏休みが明けた後も、時間があれば彼女の見舞いに向かった。

『伏見教授の甥っ子さん』は看護師の間でも有名になり、スタッフステーションの前を通ると「こんにちは、翔琉くん」と声をかけてもらえるようになった。たまにおやつをくれたりもした。

病室をノックすると、彼女が笑顔で顔を上げる。

「カケルくん！」

一緒にお話ししたり、ゲームをしたり、図鑑を眺めたり。

入院はまだまだ続くようだが、顔色や表情は見違えるほどよくなっていった。

だが、穏やかな日常はそう長くは続かなかった。

その年の秋。実父の正妻が急死した。もともと体の弱い女性で、子どももいなかった。跡取りがおらず困った父が、俺を正式に養子にしたいと申し出たのだ。きちんとした教育を施し、後を継がせるという。

母の葬式にも来ないで、今さら父親になろうだなんて、都合がいいにもほどがあると思った。

たとえ血が繋がっていようと、よく知りもしない男を父親だなんて呼びたくない。

俺は伯父とここにいる。

怒りすら覚えたが、ふとこのまま伯父に迷惑をかけ続けていいのかと懸念がよぎった。果たして伯父は、納得して俺を引き取ったのだろうか。

伯父は冷静で大人な人だから、子どもの前で嫌な顔は見せないだろう。だが口には出さないだけで、本当は俺を疎ましいと思っているかもしれない。

思う存分研究ができないのは確かだ。本当は甥っ子などにかまわず、一日中研究室にこもっていたいのではないか。

自分は伯父の負担になっているかもしれない、そう思うと胸が痛んだ。

「伯父さん。俺、あの人の養子になろうと思う」

悩みに悩んだ末にそう告げると、伯父はしばし無言で考え込んだ後、静かに頷いた。

「その方がいい。私は君になにも残してあげられない」

そんなこと、と言いかけて口を噤《つぐ》む。

伯父との暮らしは楽しい。頑張れば褒めてくれるし、間違っていればたしなめてくれる。大きな声で叱られることはなかったけれど、俺の気持ちを理解して導いてくれるような人だった。

なにを残してくれなくてもいい。ここにいさせてもらえるだけで。

――だがそれは言葉にできなかった。

「……そうします」

尊敬できる立派な人だからこそ、迷惑をかけるのは心苦しい。実の親にはしないような遠慮を伯父にはしてしまう。

やはり本物の家族にはなれないのだ。

結局父は体裁を気にして母との関係を認めず、俺を血の繋がりのない養子として祇堂家に迎え入れた。

だが俺と父は明らかに似ていた。養子と知らない人間が見れば、なんの疑いもなく親子だと思うだろう。

父の女性関係を知る人間は、端から隠し子のひとりやふたりはいるだろうと踏んでいて、俺を跡取りに迎えたところで文句も言わなかった。暗黙の了解というやつだ。

年が明けると同時に実父の家に引っ越し、三学期から新しい学校へ通うことになった。名前も『伏見翔琉』から『祇堂翔琉』になるそうだ。

伯父の家を発つ前日。俺は星奈のところに行った。

「引っ越しするんだ。もうここへは来られなくなる」

「え……」

星奈の愕然とした顔。虚ろに漂う眼差し。失望しているのは明らかで、陶器の人形のように顔色が真っ白になった。

言葉のチョイスに失敗したとわかり、俺は慌てて取り繕う。

「一生会えないわけじゃない。ただ、ちょっと遠いところに引っ越すんだ。だから、今までみたいにちょくちょく遊びには来られない」

都心にある実父の家から郊外にあるこの病院までは、それなりに距離がある。中学生が行き先も告げず、ひとり電車に乗って遊びに来るわけにもいかない。

かといって、病院に行くと言えば嫌な顔をされるだろう。

父は有名私立中学への編入を考えているようで、勉強も忙しくなりそうだ。昔のことはさっさと忘れて勉強に専念しろと叱られるような気がした。

「落ち着いたらまた来るよ」

それだけ伝えて俺は彼女に背を向ける。

病室を出る直前、「──いていかないで……」とか細い声が聞こえた気がしたが、どうしようもないので気付かないふりをした。

俺だって悲しい。星奈はもちろん、伯父ともお別れになる。

自分の悲しみを背負うのに精一杯で、星奈の心に寄り添ってやる余裕がなかった。

俺が外の世界に旅立つことは、学校にも行けず病室の中でしか生きられない彼女にとって、見捨てられたのも同然だったのだろうと、今なら理解できる。

結局、俺は実父に引き取られ、都心にある立派な屋敷に引っ越してきた。

家には使用人がたくさんいて、家事をすべてやってくれる。俺は勉強だけしていればよかった。

俺を『家庭的』と褒めてくれる人はもういない。

通学には車の送り迎えがつき、放課後は家に家庭教師が来て勉強を叩き込んでくれる。転入当時、普通だった成績は、学期末テストが終わる頃にはトップになっていた。

俺は実父の後を継ぎ経営者になるそうだ。

『伯父のような研究者になりたい』とは言えなかった。


春休み。これまで世話になった伯父に挨拶をしてくると使用人に告げ、家を出た。

車で送ります、ひとりでは行かないでくださいとうるさく言われたが、心配ならGPSを確認してくれと開き直り、問答無用で家を出た。

伯父が家にいないのはわかりきっていたから、直接研究室へ向かう。守衛のおじさんは「翔琉くん、久しぶりだね」と快く俺を通してくれた。

突然現れた甥の姿に、伯父はとても驚いていた。

普段は冷静で表情も変えやしないのに、この時ばかりは珍しく目を見開き、たいして身長も伸びていないのに「なんだか大きくなったね」と漏らす。

「まだ病棟には行っていないのかい？」

「うん。これから星奈のところに行こうと思う」

「だったら一緒に行こう。……少し驚かせてしまうかもしれない」

伯父が曖昧な笑みを作る。そんな顔を見るのは初めてで違和感を覚えた。肩を抱かれ、病棟に向かう。

そして。いつもの病室にいたのは、星奈のようで星奈じゃない女の子だった。

「星奈くん。こんにちは」

伯父が挨拶すると、彼女は伯父の方だけを見つめて「こんにちは」と挨拶した。まるで魂が抜けたようにぼんやりしている。

なにより俺が見えていない。以前は病室に顔を見せると満面の笑みで「カケルくん！」と迎えてくれたのに。

なにが起きた？

「星奈くん。彼は翔琉。君のお友達だった人だよ。覚えているかい？」

伯父の紹介に、彼女はジッと俺を見つめた。しばらくして、思い当たらなかったのかふるふると首を横に振る。

言葉も出ない俺の肩に伯父が手を置く。

「翔琉が引っ越してすぐ、ひどい熱を出してね。脳炎を起こし、一時は命が危うかった。奇跡的に回復したものの脳の一部が損傷していて、ここ数カ月の記憶が消失してしまったらしい」

え、と掠れた声が漏れた。俺と星奈が過ごした日々が消えてしまった？

「……俺のせい？」

声を震わせて伯父を見上げる。

伯父は星奈の気持ちが上向きになることで、病状が改善すると言っていた。笑えば免疫力がアップする。楽しければ元気になる。だからこそ俺は、彼女に楽しい思いをたくさんしてもらおうと、病室に足しげく通った。

じゃあ、悲しいことが起きたら？　免疫力が下がるのか？

俺が最後に告げたさよならが、彼女の心も体も壊してしまった？

「翔琉のせいじゃないよ。君は悪くない」

伯父が俺の頭をギュッと抱きしめてくれる。一緒に暮らしていた時は、一度も抱きしめてくれなかったのに。

「ただ、君との別れが要因になったのは……研究者として否定はしない」

伯父はどこまでも正直者だった。だが下手にフォローをされるよりは、ずっとマシだ。

俺の軽率な言動のせいで、彼女は死んでしまうところだった。記憶が消えた程度でよかったのかもしれない。

一緒に花冠を編んだこと、車椅子で中庭に行ったこと、夜の屋上と星空。手を繋いで歩き回った廊下。図鑑。トランプ。オセロ。昼食時、美味しいからと言ってひと口くれたほうとうの味。

思い出が蘇ってきて、目の奥がツンと痛くなる。

彼女との思い出を俺だけ覚えていたって意味がないのに。

この日を最後に、伯父の勤める研究棟や病棟には行かなくなってしまった。

彼女が嫌になったわけじゃない。ただ怖かった。

自分の言動が彼女を傷つけ、命を奪うと知ってしまった。

もう二度と彼女には会わない、そんな責任の取り方しか当時の俺は思いつかなかった。

◇◇◇

運転席で携帯端末を耳に当てながら、かつて非力だった自分を思い返し、手をきゅっと握り込む。

「覚えているよ。俺のせいで彼女は生死の境をさ迷い、記憶を失った」

《君のせいだなんて言うつもりは――》

「後悔しているんだ。星奈を傷つけただけじゃない。彼女が記憶を失った後、どうして俺は逃げ出してしまったんだろうって」

現実から目を逸らすように、星奈からも伯父からも距離を取った。あの行動が一番の過ちだったと思っている。

「俺は間違ってた。もう一度最初から、星奈と一緒に思い出を作っていけばよかったのに」

そう気付いたのは面接試験で彼女と再会した時。

大人になった彼女を見て、後悔で胸が張り裂けそうになった。

彼女は自力で病を乗り越えこの場所に来た。普通に生きたいという夢をひとりで叶えたんだ。誰の力も借りず、ひとりで闘っていた。

「今度こそ彼女のそばにいてやりたい」

《もう彼女はあの時のことを覚えていない。その役目を君がやる必要はないんじゃないのか？》

「今はそれだけじゃない」

あの日の俺は幼いなりの使命感で彼女のそばにいたが、今はそうじゃない。

再会して、まるで別人に生まれ変わった彼女とともに日々を過ごした。

真面目で一生懸命で、でも昔と変わらず純真で、真っ直ぐ夢を追い続ける彼女は、もう守られているだけの女の子じゃない。俺の隣を歩む立派な大人になっていた。

触れ合っていくうちに、気付けば女性として惹かれていた。

「ふたりの過去を取り戻したい。だが、それだけじゃない。今の俺たちはお互いを想い合っている」

幼いふたりにはなかった感情が――愛情が、俺たちを結びつけている。

《翔琉が愛を語る日が来るとはな。成長したものだ》

「はぐらかさないでくれ」

携帯端末を肩に挟み、シートベルトを引っぱり出す。

たとえ伯父が星奈の行き先を教えてくれなくとも、自力で捜し出すつもりでいた。

「どうせ場所はわかってる。あの病院だろう」
《翔琉》
たしなめるように声をかけられた。
幼い頃からこういう時の伯父には頭が上がらない。俺の暴走を戒めようとしているのだとわかるから。
《星奈くんは研究用の特別病棟にいるよ。私の許可がなければ面会できない》
ギュッと奥歯をかみしめる。一般病棟なら入る余地はあったのだが。
幼い頃なら顔パスで入れてくれた守衛も、今はもういない。
《星奈くんに会わせるには、ひとつ条件がある》
切り出した伯父に、俺は焦りを混じらせながら「なんだ」と問いただす。
《彼女の心を絶え間なく愛情で満たせ。不安にさせるな。一生涯だ。それができないなら会わない方がいい》
伯父の言葉を聞いて、肩の力がすとんと抜けた。
研究者である彼が、そんな感情的なアドバイスをくれるとは思わなかったのもあるが――。
伯父はまだ俺を信じてくれている。この愛が彼女の心と体を癒やすと期待してくれている。これは俺にしかできないことだ。

「ああ。生涯添い遂げる覚悟なら、とっくにできてる」

通話を終わらせ、エンジンをかけた。強くハンドルを握り、アクセルを踏み込む。

あの頃の俺にはできなかったことが、今の俺にならできる気がした。


大学病院の駐車場に車を止め研究棟に向かうと、正面玄関に白衣を着た伯父が立っていた。

「遅い」

場所を教えず焦らしたのは自分のくせに、そう理不尽に言い放ち歩き始める。

「状況が悪い方に向かっている。先ほど星奈くんのご家族に連絡を取った」

それは命が危ないという意味か？　焦りから足がいっそう速まる。

「意識はあるのか？　会話は？」

「話を聞くくらいなら、かろうじて」

そう毅然と答えた伯父だったが、背中がほんの少し丸く縮んだ。

「ご家族には最後の会話になるかもしれないと伝えた」

すっと背筋が冷え、息を呑み込む。

「彼女の体は余命と呼ぶ時期をとっくに過ぎて、限界を迎えている。これまで生きていたのが奇跡なくらいだ」

俺に責任を感じさせまいとしているのか、伯父が肩にトンと手を触れる。

「だからこそ、話をさせてくれ」

なんとしてでも伝えたいことがある。

俺が行くまでどうか彼女の意識が持ちますように、そんな願いを込め、唇を血が滲みそうになるくらい強くかむ。

やってきたエレベーターにふたりで飛び込んだ。俺は伯父と目を合わせないまま真横に立つ。

幼い頃、家を出た一件、そして彼女が記憶を失う一件があってから、伯父とはどこか気まずくて目を合わせられずにいる。

彼を思って家を出たとはいえ、裏切ったように思われたのではないか。彼女を傷つけたと軽蔑しているのでは――心のどこかにそんな負い目があり、『伯父さん』と呼ぶのをためらわれ、他人行儀に『伏見教授』と呼ぶようになった。

目的の階に着くまでもどかしく思っていると、伯父が緩慢な動きで腕を組んだ。

「幼かった翔琉を星奈くんに会わせたのは、間違いだったと思っている。君に余計な罪悪感を負わせてしまった」

静かに語り始めた伯父に、少々驚きながら答える。

「俺は自分の行動にこそ後悔しているが、出会わなければよかったなんて思ってない」

「だが万が一、星奈くんが亡くなっていたら、君は激しく傷ついただろう」

返す言葉が見つからず、沈黙する。

もしも星奈を病室から連れ出した翌日、病が悪化し命を落としていたら。

記憶を失うだけでは済まず、重い後遺症を負わせてしまっていたら。

きっと俺は、自分が許せなくなっていたはずだ。

「難病の患者との交流は、そういうリスクを含む。私は医学的な好奇心でしか君たちを見ていなかった。浅はかだったと思っている」

目的階に着き、ドアが開く。伯父は謝るように言い置いて、エレベーターを降りた。

先を歩く伯父を追いながら「それでも――」と俺は声をかける。

「星奈に会わなければよかったとは思えない。患者の苦しみや命の尊さへの理解は、今の俺に必要なものだ。彼女の存在も」

すべて起こるべくして起こった。選択ミスでさえ、今の自分をかたち作る大切なファクターだ。

「伯父さんと暮らしたあの九カ月間も、俺には必要な時間だった」

「翔琉……」

伯父が驚いたように歩調を緩める。

ようやく俺は伯父の目を見て、はっきりと告げた。

「星奈のところへ案内してくれ」

あの日の後悔を清算する。今度こそ彼女を救いたい。

伯父は「ああ」と冷静に答え、病室まで案内した。

辿り着いた部屋には、物々しい機材が配置されていた。

生体監視モニターに点滴、計器付きの大きな機械の管がベッドに向かって伸びている。ガラス張りの個室で、隣室には医療用ガウンに身を包んだ医師と看護師が待機しており、モニターの数値を確認していた。

研究用の病室と聞いていたが、設備は集中治療室を思わせる。それだけ星奈が危険な状態なのだろう。

「こっちだ」

入口でスリッパに履き替え、ガウンと帽子、マスクを着用し、手を消毒する。

ノックをして病室に入ると、酸素マスクをつけた星奈がベッドの上で眠っていた。

昨夜も眠っている星奈を見舞ったが、その時よりもずっと顔色が悪い。

ベッドに近寄ると、気配に気付いたのか、彼女がゆっくりと目を開けた。

「星奈」

彼女はなにも応えず、ただわずかに目を大きくした。まるで瞼を動かすのも大変というような緩慢な仕草だ。

その視線が背後にいる伯父に向かう。少しだけ眉が下がり、非難するような顔になった。

「約束を守れなくてすまないね。私も結局は甥っ子に甘いんだ」

そう弁解すると、彼はその場を譲るように病室の外に出ていった。

俺は彼女の顔の横にしゃがみ込む。声が届くよう、耳に顔を近付け、まずは一番伝えたかった言葉を口にした。

「星奈。愛してる」

彼女の目が再び大きく見開かれる。

「君が俺から離れようとしたのはわかってる」

身を引いてくれたのだろう。俺を解放しようとしていたのかもしれないが。

「だが俺には、星奈のいない未来はもう考えられないんだ」

いつからそんな風に思うようになったのだろう。

再会したばかりの頃は、元気な姿を見られた喜びと、好奇心が強かった。

〝普通〟に憧れ、病と闘っていた少女がどんな大人に育ったのか。今度はなにに憧れ、なにを目指して生きているのだろう。

そんな興味があって、見守っていきたい、できる限り応援したいと考えた。

「いつからか君の隣で、君の見る景色をともに見たいと願っていた」

助けを求められたなら、いつでも手を差し伸べるのに、彼女は想像以上に逞《たくま》しく、俺の手を借りなくとも夢に向かって先へ先へと進んでいった。

追いかけて追いかけて、ようやく腕を掴んだ頃には、もうその手を離せないほどに心の中が彼女でいっぱいだった。

「一緒に生きていこう。俺を信じてほしい」

もう彼女を置いて逃げはしない。幼い頃、失った記憶は取り戻せやしないけれど、これから新しい思い出をひとつひとつ作り上げていけばいい。

二度とふたりの時間をなかったことにはさせない。

「離れない。一生そばにいるから」

彼女の目が充血し、涙をため込んできらきらと輝く。酸素マスクの下の口元が、わずかに緩んだ気がした。

この想いは伝わったのだろうか。

「星奈。君の笑顔が見たい。君としたいことがまだたくさんあるんだ」

触れられないのがもどかしい。早くその体を抱きしめたい。左手の薬指に誓いのキスを施したい。

「お嫁さんになるのが夢だって言ってたね。その夢をふたりで叶えよう。星奈にウエディングドレスを着せてあげたい」

彼女が驚いたように目をぱちりと瞬く。お嫁さんになりたい——そう言っていたのは彼女が子どもの頃で、その記憶はもう残っていないだろう。

だがその夢自体は心の中にあったのか、彼女が嬉しそうに頬を緩める。

「チャペルで式を挙げよう。海が見えるチャペルがあって、すごく綺麗なんだ。君をそこに連れていってあげたい。家族に祝福してもらって夫婦になろう。それから、新婚旅行をして——」

星奈の頬に赤みが差す。ええ、そうしましょう、すごく楽しみ、そう言ってくれているようなあどけない笑み。

ふんわりと微笑んで——そのまま力尽きるかのように目を閉じる。

「星奈!」

星奈の体に繋がっている機器が音を立てる。伯父や隣室にいた医師、看護師たちが慌てて駆けつけ、病室の空気が一瞬にして張りつめる。

「翔琉。外にいなさい」

冷静なようでわずかに震えている伯父の声を耳にして、一歩、二歩と後ずさる。

今ほど自分を無力に感じたことはない。結局、俺では彼女を救えないのか?

「星奈、生きてくれ! 待っているから。俺はここにいるから——」

いつか彼女は俺の前から消えてしまうかもしれない。充分覚悟はしていた。

だがどうかあと少しだけ猶予が欲しい。彼女の夢を叶えてあげられるだけの時間が。

もう一度、あの笑顔が見たい。

祈るように唇をかみしめて、病室の外のガラス窓からジッと彼女を見守り続けた。

第十二章　今ここが世界の真ん中で、私は確かに生きている

頭がぼんやりとする中、翔琉さんの声が聞こえた。

『愛してる』『一生そばにいるから』『夢をふたりで叶えよう』――これは私の願望だろうか。

しかし、今にも閉じてしまいそうな重たい瞼の奥に、翔琉さんの切なげな表情が浮かんできて。

『星奈、生きてくれ！』

声がはっきりと聞こえて、あきらめちゃダメだと思った。

翔琉さんを悲しませたくない。ふたりの思い出もなかったことにしたくない。

許されるなら、彼の隣でもう少し息をしていたい。

――一度きりの人生なんだ。欲しいものは手に入れていかないと――

この体を理由に、欲しいものをあきらめるなんて嫌だ。

翔琉さん。あなたの隣で生きたいと望んでもいいですか？

彼への想いを強く意識した時、胸の奥に熱が生まれた。冷えた全身が温められ、体

が少しだけ軽くなる。

思えば目標に向かって走り続けている時、この熱はいつも胸の中にあった。

これはきっと未来に向かうためのエネルギー。情熱だ。

今、私の熱源は翔琉さん自身。

彼とともに歩む未来が私の目標であり、情熱であり、動力源なんだ。それなしには生きられない。

ううん。それさえあれば、生きていられる。

目を開けると、ひときわ白く無機質な天井が見えた。

いつの間にか酸素マスクが外れていて、呼吸が楽になっている。頭もはっきりして、以前より視界が明るく色鮮やかに見えた。

「星奈！」

声とともに母が飛んでくる。

「お母、さん」

喉を使うのが久しぶりで掠れた声しか出ない。だが、なんとか謝罪の言葉を口にできた。

「ごめんなさい」

「謝るのは私の方よ。こんなつらい思いを何度もさせて」

そう言って涙を滲ませる母に、私はゆっくりと首を横に振る。

「今までずっと、看病、大変だったでしょう?」

子どもの頃から心配ばかりかけていた。母の人生の中の十五年くらいは、私の看病しかしてなかっただろう。

「なに、言ってるの……」

その通りだったのか一瞬動揺を見せた母だけれど、次の瞬間、毅然とした声で言い放った。

「生きてさえいてくれればいいの」

感極まって言い募る母に、私はぱちりと目を瞬かせる。

「確かにお母さんだって昔は若くて未熟だった。あなたくらいの歳で出産して、娘は何年生きられるかわからないような体をしてて、どうしてこうなっちゃったんだろうって頭を抱えた時もあったわ」

母がこれまで抱えてきた思いが、堰《せき》を切ったように溢れてくる。

初めて本音を聞かせてくれたのは、出産した年齢に私が追いついたせいかもしれない。今なら、母の言う不安が少しだけ理解できる気がした。

「なにがいけないんだろうってたくさん考えたし、名前が悪いのかしらって姓名判断をお願いしてみたり、改名しようとか、幸運の壺《つぼ》を買ってみようとか、いろいろしたんだけど、そのたびにお父さんに止められて」

……お父さんがいてくれてよかった。変な名前に改名されていたかもしれないし、家が怪しい壺で溢れ返っていたかもしれない。

「でもね、『今日であなたが死ぬかもしれない』って日を何度も乗り越えて、わかったの。看病くらいどうってことない。大変なのは、あなた自身だもの」

私の手をきゅっと両手で包み込み、力強く言う。

「お母さんはあなたと月乃が生きていてくれれば幸せなんだから。このくらい、いいの。看病できるのは幸せな証拠なの」

頬に涙の筋を描きながら、母が笑う。その笑顔に、迷惑をかけても許されるのだと教えられた。

「お母さんがいてくれたから生きられた。ありがとう」

「うん。でも、それは子どもの頃の話でしょ？」

母は呆れたように息を吐いて、窓辺に視線を向ける。

「これから先、あなたは愛する人のために生きていくのよ」

ゆっくりと首を横に向け母の視線を辿ると、極彩色が目に入ってきた。

「わぁ……」

色とりどりの花を使ったフラワーアレンジメントが窓辺の棚に三つ並んでいる。

久しぶりに目にする鮮やかな花は、とても美しく逞しく生命力に満ちていて、私の心を明るく照らしてくれた。

「翔琉さんが来るたびに飾ってくれるのよ。彼、マメよね」

「ってことは、三日は眠ってた？」

「ううん、もっとよ。集中治療室を出るまで二日かかったから」

母はベッド脇に腰かけ、バッグの中から携帯端末を取り出す。

「星奈が起きたらすぐに連絡してほしいって言われてるの。きっと飛んでくるわよ」

そう言って母が耳に端末を当てた直後、部屋をノックする音が聞こえた。

がらりと引き戸が開く。立っていたのは翔琉さんで、私たちの姿――とくに私が目を覚ましているのを見て、呆けた顔をした。

「え、星奈……」

言葉を失う翔琉さんに、母は「電話するまでもなかったわね」と携帯端末をしまう。

「ついさっき目が覚めたんですよ」

「……驚いた」

翔琉さんはまいったように後頭部に手を当てる。

彼の服装は白シャツにブラックデニム。革製のバイカラーの肩かけバッグは普段使い用。随分とラフな格好だ。

窓の外は明るいし、仕事帰りといった様相ではない。

「お母さん、今日って何曜日？」

「え？　日曜日だけど」

私たちのやり取りに、翔琉さんが吹き出す。

「今、俺が仕事をサボってきたんじゃないかって疑っただろう？」

「翔琉さん、私のことになると、すぐお仕事をお休みしようとするから」

「俺は大事な時にしか休まないよ。まあ、星奈に関することはだいたい大事だけど」

それを聞いていた母がベッド脇でくすくす笑った。

「惚気《のろけ》合戦が始まっちゃったみたいだから、お母さんは退散するわ。帰ってお父さんに、星奈の意識が戻ったって報告してくる」

そう言って立ち上がると、笑顔で病室を出ていく。

「気を遣わせちゃったかな」

翔琉さんはちょっぴり申し訳なさそうな顔で母のうしろ姿を見送った後、抱えていた紙袋からフラワーアレンジメントを取り出した。

夏らしい黄色とオレンジの花がたくさん咲いている。

「綺麗だろ？」

「はい。すごく綺麗」

「星奈は花が好きだよな。子どもの頃は植物の図鑑をずっと眺めていたし」

そんな話、したかしら？と私は首を捻る。

彼はアレンジメントを窓台の端に置くと、ベッド脇の折り畳みチェアに腰かけた。

近くでよく見ると、頬が少しだけこけたような。もしかして、痩せた？

「翔琉さん。ご飯、ちゃんと食べてます？」

「君に心配されるなんて心外だな。しっかり食べてるよ」

そう苦笑して、でもわずかに目を逸らし寂しげにぽつりと呟いた。

「ただ、ひとりの食事は味気ないな。早く星奈に帰ってきてほしい」

彼の言葉に胸がひりつく。

一度は翔琉さんを遠ざけようとしたけれど、ダメだった。

謝らなきゃ。そして気持ちを伝えなきゃ。

私は翔琉さんがいい。でもきっとこの先、彼にたくさん迷惑をかける。

そばにいても許してくれる？　そう尋ねようとした矢先、彼がふんわりと微笑んだ。

「君が眠る前にしたプロポーズ、覚えてる？」

ハッとして息を呑む。お嫁さんになる夢をふたりで叶えよう、そんなような言葉をかけられた覚えがあるけれど、あれは夢か現実か。

「その、『そばにいる』とか『生きてくれ』とか……ちょっとうろ覚えですが」

覚えている単語を連ねると、彼が目を細めて柔らかな笑みを浮かべた。

「よかった。今度は覚えていてもらえた」

「今度は？」

不思議に思い尋ねるが返事はなく、代わりに彼はバッグの中に手を入れた。

「まあ、君がまた記憶を失っても、俺は何度でもやり直すよ。もう後悔はしたくないんだ」

取り出したのは、手のひらサイズの小箱。滑らかな革とスエードで包まれた箱を開けると、中に入っていたのは、きらきらと輝くダイヤがはめ込まれたリング。

ドクンと鼓動が大きく音を立て、体中が熱くなる。

同時にベッド脇の心電図モニターがピピッとけたたましい音を鳴らした。私の胸の高鳴りをバラさないで。

「大丈夫？　心拍数、上がってきたけど」

「見ないでください！」

彼がこほんとひとつ咳払いして仕切り直す。

今度こそ蕩けるような眼差しと甘やかな声で、そのリングを私に差し出した。

「愛しているよ、星奈。俺と結婚してほしい」

夢じゃない。現実だ。

私の左手は点滴と包帯だらけで、とても指輪がはめられるような状態じゃなかったけれど、代わりに薬指の先に誓いのキスをくれた。

「俺の人生、すべて星奈に捧げる。だから君も、どうか俺のために生きて」

めまいがするような言葉をかけられ、じんわりと視界が滲んだ。

私が許しを乞う以前に、彼はともに歩む未来を選んでいてくれた。

「私、ね。翔琉さんと一緒なら、もっと生きられる気がしたんです」

彼への情熱が私を死の淵から呼び戻した。彼ともっと一緒にいたい、その気持ちがこの体を確かに生かしたのだ。

「たくさん夢があったんです。普通の生活がしてみたいとか、私みたいな難病の患者の助けになりたいとか」

彼が「うん」と優しく頷いてくれる。私はぽつぽつとありのままの気持ちを吐露した。

「恥ずかしくて言えなかったけど、本当はお嫁さんになりたいって夢もあって」

「知ってたよ」

「……どうしてですか？　誰にも言ったことがなかったのに」

彼が困ったように眉を下げる。

「小さな頃の君が教えてくれたんだ」

そう言って私の頭を優しく撫でた。

そんなわけがない、きっと言葉の綾だろう。そう思いながらも、本当に幼い頃、そんな話をしたような気がしてくるから不思議だ。

「約束、してもらえますか？」

ジッと見つめると、私の声を聞こうと彼が顔を近付けてくれた。

「この病室から出られたら、私をお嫁さんにしてくれるって」

その約束があれば、どんな苦しみにも立ち向かっていける気がする。

彼は「もちろん」と甘い笑みを浮かべる。

「約束する」

そう言って未来を誓うように私の額にそっと口づけをくれた。

その日の夜。面会時間終了ぎりぎりに、珍しい人物が見舞いに訪れた。

ちょっぴり膨れっ面の月乃が病室におずおずと入ってきたのだ。

「月乃？　わざわざ来てくれたの？」

仕事帰りなのか、勤め先のアパレルブランドの服を着ている。髪も巻いてメイクもばっちりで、先日とは別人だ。これなら私と間違われることもないだろう。

しかし、せっかく来てくれたのに浮かない顔をした月乃に、私はなんて言葉をかけていいのかわからなかった。

「翔琉さん、さっきまで来てくれてたんだけど、帰ってしまって」

「わざわざここまで来ておいて、星奈の恋人目当てなわけないでしょ」

苛立った口調であしらわれ「そっか」と黙り込む。

私に会いに来てくれたのだとわかって、少しだけホッとした。

「ひとつ、伝えておこうと思って。この前のアレ、嘘だから」

月乃が早口で言い募る。いまいちピンと来なくて首を傾げると、痺れを切らした彼女に大声を出されてしまった。

「電話で伝えたやつ！　あんな嘘で死なれちゃ、たまったもんじゃないわよ」

タクシーの中で『翔琉さんと寝た』と言われたのを思い出し、ああ、と納得する。

あの電話の直後に体調が急変したものだから、罪の意識を感じていたのかもしれない。

「心配かけてごめんね」

そう告げると、彼女は腰に手を当てて「そういうところ！」といっそう怒った顔で指を突きつけてきた。

「そこは星奈が怒るところでしょ！　どうして謝るのよ」

「嫌な思いさせちゃったと思って」

彼女は頭を抱え「あんたは……」と呆れた声を漏らす。

嘘をつかれたのは確かにショックだったけれど、それ以上に月乃には謝らなければならない気がしていた。

「これまでもそう。ずっと心配かけてきた。それに、お母さんが私の看病で忙しかったから、月乃は寂しい思いをしていたでしょう？」

「今さらそんな話――」

月乃がきゅっと拳を握りしめる。彼女の顔が怒りで赤く染まっていくのを、私は自分の罪をかみしめながら見つめていた。

「あんたが親の愛情をひとり占めしていたせいで、私はひとりぼっちだった。家から追い出されて、まるで捨てられたような気分だったわ」

私が余命一年と言われていた頃、月乃は親戚の家に預けられていた。背景を知らない彼女は、なぜ自分だけ離れて暮らさなければならないのか理解できなかっただろう。

「あんたが長期入院してからは自宅に帰れたけれど、熱を出すたびにお母さんは病院に飛んでいった。お父さんは仕事第一だったし。知ってる？　小学校六年生の運動会、親が来なかったのは私だけよ」

ずきんと胸が痛む。母は私の看病で、父は仕事が休めず、誰も見に行けなかったのだろう。

「リレーで一位になっても虚しいだけだった。誰も見てくれない、認めてくれないんじゃ……」

「月乃……」

そんな虚しさを背負っていたなんて知らなかった。彼女は気が強くてサバサバしているから、幼い頃の寂しさをずっと引きずっていたなんて思ってもみなかった。

「ごめん」

「ごめんじゃないわよ！」

わっと彼女の目から涙が溢れ出す。

怒りが抑えきれなくなったのかと思いきや、切ない目をして私をジッと見つめた。

「あんたは運動会に参加すらできてないじゃない！」

それは怒りではなく憐れみだ。

彼女は自身の不遇を悲観すると同時に、仕方がないとあきらめていた。姉の方が大変だから自分は文句を言う資格がないと、自らを押し殺していたんだ。

「私だって、なにが正論かくらいわかってる。あんたが死にそうな思いして、苦しんでいたのも知ってる」

指先で涙を拭って、鋭い目つきを取り戻す。

そうやって強がって、素直に寂しいと言えず、ずっと我慢してきたのだろうか。

「でも、お母さんに付きっ切りで甘やかされてるあんたを見てると、腹が立つことだってあるのよ。贅沢な悩みなのかもしれないけど」

「贅沢なんかじゃないよ」

健康だろうと病気だろうと、誰もがそれぞれの苦難を抱えている。

他人を羨ましく思うのは、すごく自然なことだ。ないものねだりをするのも、時には妬んでしまうのも。

「私もいつも月乃が羨ましかった」

「当たり前じゃない、あんたは誰がどう見ても不幸だし――」

「不幸じゃないよ」

私には大切にしてくれる両親がいて、私のために気持ちを押し込めてくれた優しい妹がいる。

そして今は、翔琉さんがいてくれる。

「私は不幸じゃなかった。今も幸せだと思ってる」

素直な気持ちを口にすると、月乃はふーっと呆れたように息をついて、私に背を向けた。

「もういい。とにかく謝ったから帰る」

謝ったっけ？と一瞬疑問に思ったけれど、謝りたくて来てくれたんだとわかって胸が温かくなった。

月乃がようやく本音を言ってくれた。これからはきっともう少し、お互い素直になれるはずだ。

ひらひらと手を振って帰ろうとする彼女に「ひとつ聞いてもいい？」と呼び止める。

「月乃は翔琉さんが好き？　まだ興味ある？」

月乃が足を止め、ぎょっとした顔で振り向く。

「そんなこと聞いてどうすんの？　興味あるって言ったら譲ってくれるわけ？」

「ううん」

私はベッドの中で、点滴と包帯でぐるぐる巻きにされた左腕を持ち上げて、力を込める仕草をした。

「負けないって言おうと思ってた」

「……星奈のそういうとこ、敵わないわ」

今度こそ疲れた様子で、でもどこか吹っ切れたような声で、彼女は病室を出ていった。

私と月乃が逆だったらって、一度も思わなかったと言えば嘘になる。

でもこの体だからこそ得られたものが多くある。

私はたくさんの幸運に恵まれたから。今はもう誰かを羨ましいだなんて思わない。

今、私の手の中にある幸せは、病と闘ってきたご褒美だと思うから。

私の生きる道は、これまで生きてきた道は、今も昔も輝かしくて素晴らしいものだ。

それから二週間と経たず、私は研究用の特別病棟から一般病棟に移された。子どもの頃に入院していた建物で、修繕されて昔よりも綺麗になっているが、どこか懐かしい雰囲気が漂っている。

体調は少しずつ回復している。一時期はげっそりとこけてしまっていた頬も、だいぶもとに戻ってきた。

毎週見舞いに訪れる翔琉さんが、私を甘やかしてスイーツをたくさん買ってくるから、体重は着実に増加中。

最高級チョコレートにカラフルなマカロン、花を象ったクッキーに、瑞々しい果物ののったケーキ——私の喜ぶ顔が見たいからと人気のスイーツショップをはしごして買ってきてくれる。

今は点滴も取れ、食事制限もない。伏見教授も「多少は食べてもかまわない」と目を瞑ってくれている。

「教授も翔琉さんも、甘いんだから。私がぷくぷくに太っちゃったらどうするつもりなのかしら」

翔琉さんが教授の甥っ子だと教えてもらったのは、この病棟に移る前だ。

一時期はすれ違い疎遠になっていたけれど、今は良好な関係を築いているのだそう。

『星奈のおかげでお互い素直になれた』と感謝された。

幼い頃、私と翔琉さんが出会っていたことも聞かされた。

脳炎を患ったせいでよく覚えていないけれど、よくよく考えてみるとそれらしい記憶の痕跡がぽつぽつと思い起こされた。

たまに見る不思議な夢――幼い彼が私の手を引いて歩いていたり、病院の中庭でシロツメクサを摘んだり、屋上に忍び込んでふたりで星を眺めたり。

あれは夢じゃなくて、本物の記憶だったのね。

なぜか花冠の編み方を知っていたのは、彼と一緒に編んだから。

図鑑の間に挟まっていたあの四つ葉のクローバーも、彼の仕業だったに違いない。

見つけた時は、どうしてこんなところに四つ葉が？と不思議に思ったものだ。

『お嫁さんになるのが夢だって言ってたね』

あの言葉は本当に、幼い頃の私から聞いた言葉だったんだ。

翔琉さんは二十年という月日を経て、私の夢を叶えてくれようとしている。

教授いわく、退院までの道のりは長いけれど、このままいけば以前の生活に戻れるだろうとのこと。夢が叶う日も近い。

今は希望を胸に日々をこなすのみだ。

穏やかな入院生活が続き、気付けば二カ月が経っていた。

秋も深まってきた頃。翔琉さんが突然、台車に大きな段ボールをのせて病室にやってきた。

「どうしたんですか、それ？」

尋ねると、彼は「目を瞑っていて」と人さし指を口元に当てた。

言われた通り目を瞑る。がさごそと段ボールを開ける音がする。

「まだだよ。まだ瞑っていて」

耳元で翔琉さんの声。ベッドの背もたれがゆっくりと持ち上がっていくのを感じる。

しばらくすると、足元の方から「いいよ。目を開けて」と声をかけられた。

ゆっくりと瞼を開けると――。

「わぁっ！」

ウォールハンガーに、純白のウエディングドレスがかけられていた。

腰から上はビーズやスパンコールで装飾され、下はふわっと大きく広がっている。

花の刺繍《ししゅう》が施されたシフォンスカートが幾重にも連なって、お姫様みたいだ。

袖口はコロンと丸く膨れていてかわいらしい。

「君が好きそうなデザインを選んだつもりなんだが……気に入ってくれた？」

翔琉さんが誇らしげに、でも少し心配そうに尋ねてくる。

「すごく……すごく素敵です！」

感動で声がうまく出てこない。

これを私が着ていいの？　言葉より先に涙が溢れ出してしまいそうだ。口元を押さえて嗚咽をこらえる。

「星奈は細身を気にしているみたいだったから、袖はボリュームのあるデザインにしたんだ。下もふわふわしてて、お姫様みたいだろう？」

体型を気にしているなんてひと言も言ってなかったのに、どうして知っているの？

ドレスの美しさだけじゃなくて、彼の気遣いにまでじんときてしまう。

「俺のタキシードは白かシルバーにするつもり」

そう言って私に携帯端末を見せてくれた。上質なホワイトのタキシードを試着している翔琉さんが映っていて、すごくカッコいい。髪までサイドに撫でつけていて本番さながらの出来だ。私も生でこの姿が見たかった。

きっと試着に付き添ってくれたのだろう、ちらりと写真に映り込んでいる武久さんを見つけて、ちょっぴり嫉妬してしまいそうになった。

「ブラックもあったが、君は嫌いそうだから」

「どうしてそんなことまで知ってるんです？」

彼は「秘密だ」と笑って唇の前で人差し指を立てる。

この人は私を骨の髄まで理解してくれているのかもしれない。

「これで君の夢が叶う。お嫁さんになれるよ」

そう言ってふわりと目元を緩め、極甘の声色で私を溶かす。

どれだけ私の心を満たせば気が済むのだろう、この人は。涙がこらえきれなくなって、ぐすりと鼻を啜った。

「幸せすぎて、死にそうです」

「そう来たか。でもダメだよ。ちゃんとおばあちゃんになるまで添い遂げてくれ」

こつんと額を当てて念を押す。彼の大きな手が後頭部に回り、私を支えてくれる。

「それからね、結婚指輪なんだけど」

そう切り出して、私の左手を持ち上げた。

点滴の痕がまだ治りきっていなくて、手首から肘にかけて痣《あざ》のように青くなっている。痩せ細ってしまい、決して美しいとは言えないのに、彼は愛おしげに撫で、キスをした。

「常に身につけるものだから、ふたりで選んだ方がいいかなと思って」

プロポーズのときにもらった婚約指輪は、大切にしまってある。あれは彼からの愛の誓い。

対する結婚指輪は、ふたりの絆の誓い。この先、私たちがずっと身につけるものだ。

「退院したらフィッティングに行こう」

再び唇を滑らせ、薬指に持っていく。つけ根にチュッと音を立てて吸いつき、今はまだない指輪の代わりをくれた。

「私、頑張ります。きっと治します。絶対翔琉さんと一緒に、指輪を選びに行くから」

彼の仕草が優しすぎて、眼差しが温かくて、涙が止まらなくなる。

胸がドキドキと心地のいいリズムを刻んでいた。

「どうか、待っていて」

頬をつうっと流れていく涙を、彼は指先で受け止める。拭ったまま手を滑らせ、耳のうしろに触れると、引き寄せるようにキスをくれた。

柔らかな感触と温もりが混じり合って、心が蕩けていく。

今日はこのまま離れたくない。

もう片方の手を伸ばし、指を絡める。指の間に彼の体温を感じて、どうしようもなく愛おしくなる。

「星奈。愛してる」

「私も。翔琉さんが好き。愛してる」

きっとあなたの何倍も何倍も好きなのに、うまく伝えられないのがもどかしい。

やるせなさを抱えたまま、彼の手をギュッと握り込み、甘い唇の愛撫に応える。

唇を重ねて、離して、また重ねて、そうやって繰り返すうちに体の力が抜けていって、いつの間にかベッドに押しつけられていた。

「翔琉、さん……？」

それでもやまないキスは、まるでこの先を欲しているかのよう。でもこれ以上先に進めないことはお互いよく理解している。

「星奈。もう少しこのままで。愛おしくてたまらないんだ」

これまでこらえてきた情熱をすべてぶつけるかのよう、好きの気持ちが溢れ出して止まらない。唇を重ねている間だけ、彼とひとつになれている気がする。

「……んっ……」

彼のシャツをきゅっと握りしめ、想いを込める。

「……星、奈……」

「翔琉、さ……」

熱を帯びた血液が体中を駆け巡っていく。なんて心地のよい動悸なのだろう。

呼吸はこんなに荒くなっているのに、安らかで、幸せで、満たされる。

「星奈……大丈夫？」

「ええ……すごく、気持ちがいいの」

素直に答えると、彼の唇の愛撫がぴたりと止まった。

不思議に思い目を開けると、彼は頬をわずかに紅潮させて「まいったな」と苦笑していた。

ベッドの縁に腰を下ろし「しばらく隣に座っていていい？」と尋ねてくる。

「はい」

ベッドに深く腰かけ、私の横に並ぶ。彼の家のソファで隣り合って座っていた時を思い出し、彼の肩に頭を預け寄りかかった。

「一日中、こうしてたいな」

「ええ、私も」

「伯父さんが来たら、大目玉を食らう」

「大丈夫。教授は翔琉さんに甘いから――」

きゅっと彼の腕に抱きつき甘える。顔を近付けると私の求めに気付き、首を傾けてくれた。

「きっと許してくれる」

そう楽観的に予測して、心が求めるまま彼の唇に飛びつく。

誓いのキスにはまだ早いけれど、私たちの愛は限りなく永遠だ。

入院治療を始めて、早くも四カ月が経った。あれから病状は一進一退を繰り返し、退院には至っていない。

季節は廻り、夏、秋、そして冬へ。

十二月になると、院内にある吹き抜けのレクリエーション室にはクリスマスの装飾が施された。大きなツリーが置かれ、夕方はライトも灯っていてとても綺麗。

そのツリーを背景に、私たちはささやかな式を挙げさせてもらった。

壁には折り紙で作った花輪やペーパーフラワーが飾られている。先生方の呼びかけで、長期入院している子どもたちが作ってくれたそうだ。

協力してくれた子どもたちは、看護師さんと一緒に参列席に座っている。

「ねえ、なにするの？」

「だから結婚式だってば！」

「あの花、私が作ったの。かわいいでしょ？」

私が車椅子でレクリエーション室の入口までやってくると、子どもたちのそわそわする様子が見えた。

しかし母の手を借りて車椅子から立ち上がった瞬間、子どもたちの視線がこちらに吸い寄せられ、声がぴたりとやんだ。

私が着ているのは翔琉さんが用意してくれたウエディングドレス。座っている間は裾を小さくまとめていたけれど、立ち上がるとふわりと前後に広がった。

月乃が裾やベールを整え、身だしなみをチェックしてくれる。

「よし、綺麗。メイクも髪もティアラも完璧」

「ありがとう、月乃」

「任せてよ、ヘアメイクは得意なんだから」

月乃自身も気合いの入った真っ赤なドレスを着ていて、とても似合っている。

もし彼女が結婚式を挙げる日が来たら、私がそれを着させてもらって、花嫁のお手伝いがしたいなと思った。

「ウエディングドレス、すっごいきれーい」

「私も着たぁい！」

「真っ赤なドレスもかわいいよ。私、あっちが着たい」

女の子たちから黄色い歓声があがる。

私は父の腕を借りながらバージンロードに見立てた通路をゆっくりと歩いていった。

部屋の奥にはツリーを背にして簡易の祭壇が置かれている。立っているのは本物の牧師さん。伏見教授が近くの教会に依頼して呼んでくれたそうだ。

その手前には白いタキシードを着た翔琉さん。ベール越しでぼんやりとしているが、立ち姿から気品と凛々しさが伝わってくる。

「ねえねえ、王子様もカッコいいよね」

「王子様じゃなくて、シンロウだよ」

「私もああいう人と結婚したいー」

どうやらウエディングドレスだけでなく、翔琉さん自身も女の子の目を釘付けにしているらしい。

翔琉さんがにこりと笑みを送ると、彼女たちがふわーっとした表情になるのが見えた。子どもたちまで虜《とりこ》にするなんて罪な人だ。

「ねえ。病気が治ったら、私もいつか結婚式ができるかな？」

声がした方に目を向けると、頭にニット帽を被った女の子がジッとこちらを見つめていた。

私は微笑みながら大きく頷く。

――もちろん、できるよ。みんなの未来は明るいんだ。

教授や先生方、看護師さんがこの結婚式に賛成してくれたのは、病と闘っているみんなにそう思ってもらいたかったからだと思う。

子どもたちの目がきらきらと輝きだす。他人の夢を眺めているわけじゃない、自身の未来を見つめているのだと気が付いたのだろう。

ゆっくりと歩みを進め、翔琉さんの隣に辿り着く。

「星奈。世界で一番綺麗だ」

「翔琉さんも素敵です。私をお嫁さんにしてくれてありがとう」

彼が私の手を取り、祭壇の前に立たせてくれる。

いつしか吹き抜けを囲むようにしてたくさんの入院患者たちが見守っていて、「おめでとう」「幸せになってね」そんな声がちらほら聞こえてきた。

牧師が誓いの言葉を述べようとした、その時。

「失礼。私から少しかまわないかな」

そう言って前に進み出たのは伏見教授だった。私たちは目を丸くして彼を見つめる。

「電報が届いているんだ。私が代読しよう」

小さなメッセージカードを掲げ、ゆっくりと読み上げる。

「『心よりお祝いを申し上げます。あなた方の進む道を信じ、見守っています』――翔琉。君のお父様からだ」

「父から……」

翔琉さんが驚いた顔をする。

彼のお父様も闘病中でまだ直接会ったことはないけれど、結婚には反対していないと聞いていた。

翔琉さんが結婚を報告した時、相手がどんな人物かは尋ねなかったそうだ。

息子の判断を信じて、すべてを任せてくれたらしい。日頃から翔琉さんが信頼されている証拠だろう。

「私も君たちの末長い幸せを祈っている。――以上だ。進めてくれ」

そう短く言い置き、教授はうしろに下がった。

翔琉さんは「ありがとうございます」と深く腰を折る。私も彼にならって、ゆっくりと頭を下げた。

祭壇に向き直り、今度こそ宣誓を始める。牧師の問いかけに答え、私たちはそれぞれ誓いを立てた。

「病める時も健やかなる時も、命ある限り夫を愛し、敬い、慈しむと誓いますか？」

彼を見つめて視線を交わした後、正面に向き直り「誓います」と宣誓する。

この先なにがあっても彼への愛は揺るがない。

彼も同じであると信じている。私たちは心の底から愛し合っているのだと。

ふたりの宣誓が終わると、私たちは向き合い指輪を交換した。

プリンセスカットのダイヤモンドをひと粒埋め込んだ、シンプルで大胆なリングだ。

病室から出られない私のために、翔琉さんがジュエリーデザイナーを呼んでくれた。

自分たちでデザインを考え、ふたりだけのリングをオーダーメイドしたのだ。

翔琉さんが私のベールを上げてくれる。

視界が鮮明になって、いっそう麗しい彼の姿が目に飛び込んでくる。

「星奈。健やかだろうが、病んでいようが関係ない。この愛は永遠に冷めやしない」

彼がそう囁いて、顔をゆっくりと傾ける。

「命ある限り、翔琉さんのそばにいると誓います」

ふたりの唇が重なった瞬間、周囲から拍手と歓声があがった。私たちが夫婦になったことを牧師が宣言する。

「夢がまたひとつ叶いました。今、すごく幸せです」

「俺も。君の夢を叶えるっていう夢がひとつ叶った」

すると突然、翔琉さんが腰をかがめて私を抱き上げた。

「か、翔琉さん⁉」

「祝ってもらおう。みんなに」

私を横抱きにしたままバージンロードを歩き出す。子どもたちが参列席から色とりどりの紙吹雪を撒《ま》いてくれる。

「おめでとう」という祝福の声と、激しい拍手が鳴りやまない。

世界は窓の外だけで回っているのだと思っていた。

病室にいる私は、外界を眺めるだけの亡霊にすぎないのだと。

でも今、私は世界の真ん中にいる。

私が病室に辿り着くまで、ずっと拍手は鳴りやまなかった。

第十三章　『愛してる』が体中から溢れ出して止まらない

院内で結婚式を挙げた後、婚姻届を提出し、私たちは晴れて夫婦になった。

そして一年半後。

とうとう退院の日を迎え、荷物をまとめていると、伏見教授が挨拶に来てくれた。

「星奈くん、退院おめでとう。これまでよく頑張ったね」

「全部、伏見教授のおかげです。教授が私に効く薬を作ってくださったので」

式を挙げて間もなく、教授は症状を緩和する成分を発見。薬に応用することで私の病状は著しく改善した。

最近はアメリカの研究チームとも協力し、実用化に向けて臨床実験を繰り返しているのだそうだ。他の難病の治療薬にも活かせるかもしれないと期待されている。

「君のデータが役に立った。おかげで多くの人が救われる」

病状が悪化した時は大変だったけど、あの苦しみは無駄じゃなかった。私の体から取れたデータでたくさんの人が助かると思うと、あの日々すら尊いと思える。

「だが、最大の功労者は翔琉じゃないかな」

「翔琉さん、ですか？」

「莫大な研究資金を工面してくれた。あれがなければ、こんなにも早く治療方法は見つからなかっただろう」

その話は初耳だ。翔琉さんったら、まさかマーガレット製薬の研究開発費をこの難病の研究にあててくれたの？

そんな話をしていると、病室のドアをノックする音が聞こえてきた。

「ふたりとも、一緒にいたんだ」

そう言って部屋に入ってきたのは翔琉さんだ。退院に向けた事務手続きを私に代わってしてきてくれたのだ。

「翔琉さん。研究資金をたくさん投資したって、本当ですか？」

単刀直入に尋ねると、彼はぎょっとして足を止めた。

「星奈に言っちゃったのか？」

「いずれはバレる話だ。妻の治療薬を作るために何十億つぎ込んだと」

あまりの金額に「ひっ」と息を詰まらせ口元を押さえる。

翔琉さんは「待て！　その言い方には語弊がある」と慌てて釈明した。

「この研究が様々な治療薬に応用できると踏んで投資したんだ。星奈ひとりのために何十億を使ったわけではないよ。断じて職権乱用じゃない」

「ああ。そういう建前だったな」

教授が鼻で笑っている。翔琉さんはやれやれという顔で額に手を当てた。

「俺が社長に就任してから、収益も上がっている。投資するにも充分妥当な金額だよ。星奈のために無理をしたわけじゃない」

安心させようとしてくれているのだろう、私の頭をぽんぽんと撫でる。

「まあ、私情がゼロだって言ったら嘘になるが」

最後につけ足したひと言に、私も教授も吹き出した。

「まったく、とんでもない男に育ったものだ。星奈くん、くれぐれも頼んだよ。翔琉はもう、君にしか手に負えない」

呆れたようにそう笑って、教授は病室を出ていった。

ふたりきりになった部屋で、私は彼にあらためて向き直る。

「私は翔琉さんに、心だけでなく命まで救われたんですね」

私にとって翔琉さんは本物のヒーローだ。

彼はふんわりと眼差しを緩め、腰を屈める。

「星奈のためなら、俺はなんだってするよ」

とんでもないひと言とともに、甘いキスをくれた。

退院して一年が経過した。

日曜日の夜。じゅうじゅうとお肉の焼ける音が響き、フライパンの持ち手から振動が伝わってくる。

今日の夕飯はハンバーグだ。久しぶりの調理にちょっぴり緊張する。

「星奈、大丈夫？」

よっぽど心配だったのか、翔琉さんがキッチンにやってきた。

「大丈夫よ。ハンバーグ作るの、初めてってわけじゃないんだし」

とはいえ前回作ったのは三年前だから、少々心もとないけれど。

「ハンバーグの心配をしているんじゃないよ。星奈の心配をしてるんだ」

背後からギュッと抱き竦められ、さっそく頬にキスされる。

十分も放っておいてくれないのだから、彼の甘やかしっぷりはかなりのものだ。

「大丈夫よ。先日の検査結果だって、未だかつてないくらい絶好調だったんだから」

就職していた頃より調子がいいくらい。伏見教授のお墨付きだ。

退院してからちょっとずつリハビリを続けていたが、とうとう以前の生活に戻してもいいと許可が出たのだ。

　外出も解禁。もちろん、急に無理をするなとは言われているし、翔琉さんの同伴が必須なのだけれど。

「この調子でいけば、来年くらいには復職できるかも。ねえ、社長室はまだ人員募集してる？」

　在宅で書類整理だけでも手伝えないか？　そうお誘いを受けてからかなり年月が経ってしまったけれど、まだ雇用枠は残っているだろうか。

「慢性的な人手不足だから、星奈ならいつでも復帰できるよ。でも、そうだな。今なら丁度いいタイミングかもしれない。そろそろ体制を大きく変えようと思っていた」

なにか思うところがあったのか、翔琉さんが顎に手を添えて考え込む。

「体制の変更といえば、桃野さんが社長室に異動になったんでしょう？」

「ああ。武久の補佐を頑張ってくれているよ」

広報部一の美女と謳われていた桃野さんは、あれから熱心に仕事に取り組み、社長室への異動願いを出したそうだ。今年の四月から翔琉さんたちと一緒に働き始めたと聞いている。

　もともと優秀で、なんでもそつなくこなす人だ。広報だけあってコミュ力が高いし、所作や言葉遣いは美しく、気遣いもできる。頭も回る。人の視線を引きつける華やかさも持っている。やる気まで加われば無敵だろう。

『絶対追い越してやるわ』――桃野さんからの宣戦布告を思い出す。張り合う気などなかったけれど、実際に彼女は実力を証明し、社長室に引き抜かれた。

……翔琉さんのことも、好きだったみたいだし。

今、一緒に働いているのだと思うと、そわそわしてしまう。

美人で優秀な桃野さんを見て、翔琉さんはなんとも思わないのかな？　かなり魅力的な女性だと思うのだけれど。

「翔琉さんは……その、どう思う？　桃野さんのこと」

「ん？」

質問の要領を得なかったのか、彼がきょとんとした顔をする。

「どうって？　広報部にいた時は省エネ労働なイメージだったけど、社長室に来てからは熱心に頑張ってくれているかな」

「ええと、そうじゃなくて」

私が聞きたいのは、桃野さんが女性として魅力的かってことで。でも、なんて聞いたらいいのだろう。

「……桃野さんって、美人よね？」

すると、彼はぴんと来たのか眉を上げた。考えるように視線を斜め上に持ち上げて、口元に薄っすらと笑みを浮かべる。

「そうだね。美人だなとは思うよ。とくに最近は仕事中も輝いているというか。一生懸命頑張っている人は、俺好きだし」

むむっと眉間に力を入れる。

今、好きって言った？　なんだかもやもやしてむかむかする。むむむむむ。

「もしかして、嫉妬してる？」

彼が十中八九してるんだろうといった顔で、いたずらっぽく尋ねてきた。悔しいけれどその通りだ。

「他の誰がどう魅力的だろうが、目移りするわけない。俺は星奈に永遠の愛を誓ったんだが？」

いつの間にか膨らんでいた私の頬を、人さし指でぷにぷにとつつき空気を抜く。

「わかっているの。わかってるんだけど、私の知らないところでふたり仲良くしてるんだって思うと、なんだかもやもやして」

ハンバーグをひっくり返そうとフライパンを傾ける。が、ちょっぴりイライラしているせいか、フライ返しにうまくのらない。

「仲良くって。どんな想像してるんだか」

彼がくすくす笑いながら、私の手からフライ返しを受け取る。代わりにハンバーグをくるりとひっくり返してくれた。いい焼き加減だ。

「星奈が嫉妬するなんて初めてだね」

本当は初めてじゃない。月乃にだって嫉妬してた。って、口には出せないけれど。

「幻滅した？」

「いや。かわいさが増しただけだ」

満足そうに彼が言う。嫉妬させるためにわざと煽っている気さえしてきた。

「さっき、桃野さんが美人だってわざと言ったでしょう？」

「確固たる信頼があるから、際どいジョークが言えるんだよ」

左手の薬指にはまっている結婚指輪を指さす。

「俺の心は星奈のものだ」

そう言って焼けたハンバーグを一度お皿に移し、デミグラスソースを作り始める。

いつの間にか料理の主導権を握られてしまった。

「俺の愛はなにがあっても揺るがない。……で、なんの話だったっけ？」

脱線してすっかりもとの話がわからなくなっている。ええと、と視線を巡らせた。

「社長室で体制変更があるとか」

すると翔琉さんは「ああ、そうそう」と話題を戻した。

「いい加減、武久の負荷を減らさないとな。桃野さんも来てくれたし、この機会にあいつが抱えている仕事を分配しようと思っていて」

私もその一助になるだろうか。少しでも役に立てるなら嬉しい。

「今後の話も含めて武久と相談してみるよ。もちろん、星奈の体調を見ながらだが」

「うん。ありがとう」

翔琉さんができあがったデミグラスソースをハンバーグに絡めて軽く煮込む。

結局、調理の美味しいところはすべて持っていかれてしまった。

「さ、できあがり」

「なんだか翔琉さんが作ったみたいになってるのがずるい」

「そんなことないよ。俺と星奈の合作だ」

私の額にちゅっと口づけて、ハンバーグをお皿に盛る。スープやサラダ、ライスを手分けしてダイニングテーブルに運んだ。

「今日はたくさん家事をしたけど、大丈夫か？　疲れてない？」

ダイニングチェアに腰かけながら、彼が尋ねてくる。今日は妙に私の体を心配する
けれどなぜだろう？

「まだまだ元気よ。一緒に働いていた時は、もっともっと動いていたじゃない」

「なら、いいんだが……」

どこか腑に落ちない顔で目を逸らし、頬をかく。

なんだか彼らしからぬリアクションだ。もしかして、なにか隠している？

「翔琉さん？」

「ん、あ、いや。なんでもないんだが……」

そういう彼の顔は明らかになにかある。ジッと見つめると、観念したかのように切
り出した。

「星奈が通院した日の夜、教授から連絡が来たんだ。検査結果の報告と、今後のアド
バイスについて」

「アドバイス？」

尋ねると、彼は複雑な表情で咳払いをした。言いづらい話でもあるのだろうか。

「確かに星奈の言う通り、未だかつてないくらい数値がよかったそうだ。加えて、症
状が悪化してもすぐに処置可能な即効性のある薬が開発できた」

ふと彼の頬がわずかに紅潮しているのに気が付いた。

もしかして、言いづらそうにしているのは、悪い話なんかではなくて――。

「少しくらいなら、運動してもいいそうだ。その、充分気を付けるように、しっかり休息を取りながらとは念を押されたが」

「運、動……」

きょとんとして目を瞬かせる。言葉通り、スポーツ解禁と言いたいわけじゃないのだろう。教授の言う〝運動〟が意味するものとは。

「っ……！」

思い当たり、咄嗟にうつむいてしまった。

つまり、きっと、多分、教授が言おうとしているのは。

翔琉さんと、エッチをしていいってこと？

「もちろん焦る必要はないと思ってる。ただ、もし体調のいい日があれば――」

「体調、いいよ」

食い気味に答えると、さすがに予想外だったのか彼が目を丸くした。その反応にこちらまで赤面する。

「えっと…それは嬉しいが。なんだか無理してない？」

「そんな、無理なんかじゃ。ただ、ずっと気になってたから」

月乃に『エッチだってできないんでしょ？』と言われたのをまだ吹っ切れていない。

翔琉さんは私と結婚したせいで、この先、一生女性と体を交わらせることができない。そう思うとつらくて、申し訳なくて。いつかどこかへ行ってしまうような不安感もあった。

それに私だって、愛する人から愛されたい。これは〝普通〟だと思う。

自身の欲求に気付いてしまい、頭から湯気が吹き出しそうなほど赤面する。思わず顔を手で覆うと、「星奈」と呼びかけられた。

「ごめん。星奈がそこまで気にしてるって気付かなくて。もっとちゃんと腹を割って話すべきだった」

なぜか頭を下げられ、私は「いえ……」と困惑する。

「もちろん俺も男だから、星奈を抱きたいと思ったことがある。というか、毎日のように思ってる。でもできないからって、つらいとは思っていないんだ」

真摯な眼差しに気圧され、言葉を失う。

「星奈の隣にいられるだけで幸せだ。体の欲求と天秤《てんびん》にかけても、断然星奈に傾く。君が罪悪感を覚える必要はない」

優しい言葉に胸が熱くなる。私の体を精一杯気遣ってくれている。

しかし翔琉さんが「でも」と切り出しうつむく。

「教授にああ言われて……正直、したいって思った。星奈を抱きたい」

鼓動が速まって、熱を帯びた血液が全身を駆け巡る。

私を気遣いながらも、正直にそう言ってくれたのが嬉しい。

「私も、翔琉さんに抱かれたい」

素直に打ち明けると、目が合った。冷静な眼差しの奥に情熱を感じて、ごくりと息を呑む。

「……今夜。もし君の体調がよければ、一緒に眠ろう」

彼の誠実な笑みにこくりと頷く。

彼と心も体もひとつになれるなんて夢のようだ。ようやく普通の恋人同士のように、全身全霊で愛を捧げられる。

喜びと同時に緊張もしてきて、どくどくと鼓動が高鳴り始める。

初めてのエッチ。私は上手にできるだろうか。彼を満足させられる？

ようやくハンバーグを食べ始めたのだけれど、妙にそればかり考えてしまって、今夜の夕食はふたりそろって口数少なめだった。

二十三時。普段の就寝時刻より少し早めに寝支度を整えた。

寝室で待っていてと言われて、彼の部屋にある大きなベッドの真ん中にちょこんと座る。

こんな日が来るとは思わなかったから勝負下着もなく、いつも通りの白いレースがあしらわれたシンプルな下着を身につけている。これで彼は満足してくれるだろうか。赤や黒でも買っておけばよかった？　それともピンクが好きかな？　今度さりげなく好みの色を聞いてみよう。

考え始めるときりがなく、余計に鼓動が速まっていく。今ここに心電図モニターがあったらきっとピピッと警告音を立てているだろう。

ことりとドアノブの下がる音がして、緊張がピークに達する。

「待たせてごめん、武久から急ぎのメールが来て。でももう片付いたから」

そう言って彼が部屋に入ってくる。私は「大丈夫」としつこいくらいにこくこくと頷いた。

「緊張してる？」

「……してる」

「俺も」

思わず顔を見合わせてくすりと笑い合う。

「緊張するけど、それ以上に嬉しい。やっと星奈に触れられる」

そう言って体をくっつけるようにして私の隣に座る。彼の温もりが伝わってきて、緊張で冷えていた手足が温かくなった。

「私も」

勇気を出して彼の腕にぴったりとくっつき甘えてみる。

「今日は妙にかわいいな」

「まるでいつもはかわいくないみたいな言い方して」

「そんなわけない。いつもの百倍かわいいって話だよ」

私の肩を抱き、そっと口づけた。

体をうしろに倒され、さらに重い緊張が押し寄せてくる。彼の腕が背中に回り、ベッドに倒れ込む瞬間抱き支えられた。

「まず、約束してほしい。苦しくなったらちゃんと言ってくれ」

「わかった。翔琉さんもちゃんと言ってね。その……どうされたら嬉しいか、とか」

照れながらリクエストすると、彼がとびきり甘い笑みを浮かべた。

「オーケー。きちんとエスコートする」

そう言って、彼はまず私の右手を持ち上げ、人さし指の先にキスを落とした。

「え……あ……」

次は中指、薬指と一本ずつ丹念に愛でていく。手の甲にちゅっと水音を立てられ、どうしようもなく赤面した。

「そんな……とこ。キス、するの？」

「もちろん。星奈の全部にキスをするよ」

「そういうもの？」

「そういうもの」

言い切られてしまったけれど、それが正解なのかどうか、私にはわからない。

宣言通り、彼は指先から順繰り私を愛でていく。手首に頬ずりをされたかと思えば寝間着の袖をたくし上げられ、肘に向かってするすると指を滑らせる。思わず肌が粟立ってしまった。

「くすぐったかった？」

「……ええ」

ぞくぞくとするこの感じは、くすぐったいともまた少し違う気がするけれど。

……私、感じてる？

胸がとくとくと高鳴って、少しだけ息苦しい。でも、心地よい。

彼と激しいキスを交わした時と同じ反応だ。苦しいのに愛おしくって、もっとしてほしくて、体が熱くなる。

ふと見れば、私の体の隅々に熱い眼差しを注ぐ彼がいて、頬が火照る。

「あの……。そんなに見られたら、恥ずかしいのだけれど」

彼の眼差しがこちらに向く。普段は見せてくれない、艶っぽい目をしていた。

「その顔が見たくてこうしてるんだ」

「え……」

逃げ場を奪われた感じがして、目線を漂わせる。

なんだかいつもの翔琉さんじゃないみたい。ちょっぴり横暴な感じがドキドキする。

「星奈の肌、すごく綺麗だ。白くて、きめ細かくて、滑らかで」

これ以上袖が上がらないところまで愛撫した後、首筋に唇を当てた。

「あっ……」

たまらずベッドで身じろぐ。反射的に逃げようとする私を捕まえて、腕を押さえ覆いかぶさってくる。

「星奈の肌、もっと見てかまわない？」

恥ずかしさに困惑しながら、こくりと頷く。

「その代わり、翔琉さんも見せてくれる？」

「俺でよければ、いくらでも」

そう言って彼はためらいなく自身のシャツを脱いだ。逞しく形のいい筋肉が目に飛び込んできて、咄嗟に手で視界を覆う。

「見たいって言ったのは星奈なのに、どうして目を逸らすんだ？」

カッコよすぎて直視できないと言ったら笑われるだろうか。だって生まれて初めて見る男性の裸だ。

指の隙間からちらりと覗き込む。こんなに筋肉質だなんて知らなかった。そりゃあ私を軽々と抱き上げるくらいだもの、筋肉はあるわよね。

「翔琉さんって、着痩せするタイプ？」

「え。俺、太ってる？」

引きつった声が聞こえてきて、慌てて目隠しを外して否定した。

「そうじゃなくて……逞しくてびっくりしたの」

言い募るも、軽率に目隠しを外してしまったことを後悔する。

胸から腰にかけてキュッと引き締まっていて、広めの肩にほどよく膨らんだ上腕二頭筋。これはもはやモデル、あるいはアスリートだ。

「なんだかずるい」

「……なにが？」

彼は隆々とした筋肉を晒《さら》したまま、きょとんとしている。無自覚って罪だ。

「とにかく、約束は約束だ」

そう言って私のボタンに手をかける。シルクの寝間着が肌をするすると滑り落ちていく。

完全にはだけてしまう直前、下着を隠すように胸の前で手をクロスして、彼の様子をうかがった。

「そこで隠すなんて、君こそずるい」

甘ったるい声で叱った後、私の腕にそっと手をかけ、胸元の膨らみに唇を押しつける。

「んっ……」

吐息が漏れ、力が抜けた。隙をつかれて手を広げられ、白いレースがあらわになる。

「星奈は白が似合うな。ウエディングドレスを思い出すよ」

「露出度が全然違うんじゃない……？」

彼は悠然と笑って私の下着のストラップにかじりつき、肩から下げた。カップの締めつけが緩み、胸がこぼれ落ちそうになる。

「星奈って、体は細いのにここだけふわふわで不思議だね」

甘えるように唇を押しつけて、緩んだ胸元に忍び込んでくる。舌先が秘めていた部分に触れ、ぴりりと痺れが走った。

「あぁんっ……！」

「かわいい声」

彼の声から昂《たかぶ》りを感じる。同時にくすぐるように舌先を動かされ、なりふりかまっていられなくなった。

身じろいで彼の下から抜け出そうとするが、逃がしてくれない。

「翔琉さ――あぁ……」

「なんだか甘い。蜂蜜を舐《な》めているみたいだ。ずっとこうしていたくなる」

「……はぁ……ダメ……」

全身が甘く痺れて動けない。これまで感じたことのない熱がお腹の内側から込み上げてくる。

私の体はどうしてしまったのだろうか。やめてほしいのに、このままどこまでも昂らせてほしくて、頭がおかしくなりそうだ。

この蕩けるような苦しみを彼自身も感じているのか、額に手を置き、乱雑に髪をかき上げる。

「……理性が利かなくなってきた。君を苦しめたくないのに……ああ、ダメだ」

悶えるように吐息を漏らし荒々しい口づけを施すと、私の背中に手を回し下着のホックを外した。

白いレースが完全に取り払われ、あらわになった素肌に彼が顔を埋める。

気持ちがよすぎておかしくなりそうだ。彼の頭をギュッと抱きしめ、自身の胸に抱き込む。

自分でもはしたないと自覚している。だがこの愛はもっと苦しまないと収まりがつかない。

「待って、星奈。これ以上、激しくしたら君の体が壊れてしまう」

「いい。壊して。もっとしてほしい……」

「ダメだよ。ゆっくり愛してあげるから、大きく息をして」

言いつけ通り、深く深く息を吸い込み吐き出す。

彼は私のボトムをゆっくりと下ろし足から引き抜いたところで、つま先にキスをした。今度は下から上へ順繰りと私を愛でていく。体が痺れてされるがまま、抵抗する気力も湧かない。

ショーツ以外すべて取り払われ、素肌を晒しているというのに、恥ずかしさはどこかへ消えてしまった。

ただ愛してほしい欲求だけが、私の体を突き動かしている。

「細くて、可憐だ。ここはすごく柔らかくて、温かくて――」

私の脚を持ち上げ、太ももに唇を這わせながらうっとりと囁く。

「食べてしまいたくなる」

歯を立てられ「きゃっ」と悲鳴をあげる。痛みで気持ちよくなれるなんて、こんな愛され方があるのだと初めて知った。

つけ根を撫でられ、ぴくんと体が震える。指先がじわりじわりとショーツの奥に忍び込んでくる。

「翔琉さ……そこは……」

瑞々しい音が響き、腰にきゅっと力が入った。

深く触れられるほどにぞわぞわと極みに近付き、理性が剥がされていくようだ。彼への愛さえも吹き飛んで、官能で頭が埋め尽くされてしまいそうで怖い。

お腹の内側に生まれた熱が爆発してしまいそう。

「ダメッ――」

このままではおかしくなる。これ以上愛されたらもたないと、本能が叫んでいた。

「私だけなんて、いや……ふたり一緒じゃなきゃ」

「俺はいいんだ、君さえ気持ちよくなってくれれば――」

「ダメ……一緒がいいの……」

彼の腕を引っぱって唇をねだると、荒々しいキスで応えてくれた。

唇だけじゃない。すべての肌と肌を絡ませて、全身で激しいキスをする。

滑らかな肌が擦れ合って、今、私は彼と愛し合っている、そんな実感が湧いてきた。

ああ、好き。大好き。彼への想いが溢れ出して止まらない。

「……苦しいよ？　痛いかもしれない」

「して。大丈夫だから」

「もし体がつらくなったら、俺を殴ってでも止めて」

「いいの。私、あなたとひとつになりたい」

彼が自身のボトムを脱ぎ、私のショーツを下げた。もう私たちを阻むものはなにもない。今度こそ全身で体温を確かめ合い、深く愛を絡ませる。

激しい呼吸が静かな部屋に響いて、吐息が混じり合う。

この世にこんなにも情熱的な愛情表現があるのだと、初めて知った。

常識をすべて覆すような、猛烈な愛と快楽。明日が見えなくなるほど激しい欲望。

「星奈。力を抜いて」

彼の昂りが私を穿《うが》って、衝撃でめまいがした。

お願い、と自分の体に語りかける。ここで終わらせたくない。彼との愛を最後まで貫きたい。どうかもう少しだけ耐えて。

痛みとともに押し寄せる心地よさに、なんとか意識が保たれる。彼の切ない眼差しに胸がきゅっと疼いた。

ああ。ひとつになるって、なんて幸せなんだろう。

彼が私の体を満たすたびに、喜びをかみしめる。

私が感極まって彼の体にしがみつくのと、彼の荒々しい吐息が響くのは、ほぼ同時だった。

いっそう深く満たされ、体の力が抜けた。ふうっと意識が遠のき、ベッドの上に倒れそうになる。

「星奈……！」

彼は私の体を受け止めながら、肩を大きく揺らし息をした。

「翔琉さん、私、幸せで……」

毎日幸せだと思っていた。でも、まだこんな幸せが残されていただなんて。

「俺も。最高に幸せだ」

優しく口づけを落とし、労わってくれる。

気が抜けたのか視界がぼやけ、意識がゆっくりと薄れていった。具合が悪くて気を失う時とはまったく違う感覚だ。

彼の愛に包まれて、この身が溶けていくよう。

「星奈。ゆっくり休んで」

優しい声が私の意識を送り出してくれる。たっぷりと満たされながら眠りについた。

エピローグ　君の願いは俺が全部叶えてあげる

《あなた、いったいいつ戻ってくるのよ》
パソコンを使ったリモート会議。桃野さんの美しくも威圧感のある顔が全画面表示され、私は思わずピン留めを外し、画面を小さくしてしまった。
それでも苛立った声はスピーカーからびしびしと響いてくる。
《言ったわよね、私。『絶対追い越してやる』って。仕事も、女としても、あなたより上だって証明するって。それがいざ同じ土俵に立ったかと思えば、あなたは祇堂さんとさっさと結婚して休職してるし。こんなの勝ち逃げじゃない！　正々堂々、勝負しなさいよ！》
どんどんヒートアップしてきた。そんなことを言われても、と私はまごつく。
体調が回復し、約三年ぶりに仕事復帰する。といっても書類作業がメインで、在宅勤務の予定だ。
挨拶と今後の作業の説明を兼ねてリモート会議に出席したのだが、桃野さんがいきなりこの調子で困っている。

「現場でご活躍されている桃野さんの方が、社長室のみなさんのお役に立っていると思いますが……」

《そんなの納得できるわけないでしょう⁉　あなたが戻ってこないと、いつまでも私の気が晴れないのよ！》

完全復帰した私をぎゃふんと言わせないと気が済まないらしい。

どっちが上とか下とか、決める必要はないと思うのだけれど。社長室のみんなの役に立てるならそれで充分だ。

でも桃野さんが私をライバルだと思ってくれているのなら光栄だ。これまでライバルなんてできたことがなかったから。

いつか現場に復帰して、彼女と一緒に仕事がしてみたいと思った。

別画面から《すみません、お待たせしました》という硬い声が響いてくる。急務で席を外していた武久さんがようやく戻ってきたのだ。

桃野さんがすっと人当たりのいい表情に戻ったので、私は内心ホッとした。

《とりあえず、お元気そうでなによりです。近況は資料フォルダにまとめておきましたので目を通しておいてください。作業の手順については別途添付します。質問があればお電話でもチャットでもお好きな方で》

「わかりました。いろいろとお気遣いいただきありがとうございます」

《いえ。美守さんが加わってくださると、私も大助かりで――》

ふと武久さんが《――と、失礼》と言葉を切った。珍しく目元を緩めて、穏やかな笑みを浮かべる。

《今後は「祇堂さん」とお呼びするべきなんでしょうね。ついくせで》

「いえ。ふたりもいるとわかりにくいでしょうから、仕事中は旧姓でかまいませんよ」

それに旧姓と新姓を切り替えて使った方が、オンとオフのメリハリがあっていいだろう。

武久さんは眼鏡のブリッジをゆっくりと押し上げ《ではお言葉に甘えて、美守さん》とあらたまった。

《今後ともよろしくお願いいたします》

「こちらこそ、よろしくお願いいたします」

まだ完全復帰とはいかないし、みんなと同じようには働けない。でもこんな私を必要としてくれるなら、できる限り頑張りたい。

もうひとりで無理をして周りに迷惑をかけたりしない。

両親や月乃、そして誰より翔琉さんを悲しませないように。私のペースで少しずつ、夢への道を歩んでいこうと思う。


働き始めて、三カ月が経った頃。

「翔琉さん、見て！　院内二組目の夫婦誕生よ」

伏見教授から送られてきた写真を翔琉さんに見せる。

華やかに飾られたレクリエーション室。奥には祭壇があり、牧師もいる。

ウエディングドレスを着た女性と、タキシード姿で車椅子に座った男性が並んで映っていた。

「懐かしいな。あれからもう三年近く経つのか」

私の端末を覗き込んで彼は感慨深く呟き、ソファに深く腰かける。

私たちの式の写真は今もレクリエーション室に飾られているそうだ。この夫婦の写真も隣に飾られるだろう。

三枚目、四枚目と増えていくといい。希望が病に苦しむみんなを包み込んでくれるように。

「みんなが前向きになってくれるといいな」

闘病は苦しいけれど、その先に幸せが待っている。それをかつての私と同じような苦しみを抱いている子どもたちに伝えたい。

「きっと伝わってる」

翔琉さんが私の頭を優しく撫でてくれる。

「俺の方にも、伯父から連絡があったんだ」

翔琉さんと教授も時たまやり取りをしているらしく、私に報告してくれる。

身内といえば、私と月乃も以前より連絡を取り合うようになった。ちなみに彼女は今、以前交際していたミュージシャンの男性と復縁し、結婚を前提にお付き合いを続けているのだそう。

「それで連絡ってなに？」

「アメリカで、君と同じ病で闘病していた女性が出産した。自然分娩《ぶんべん》だそうだよ」

「それって……」

驚いた顔で翔琉さんを見つめる。彼は目元を緩め、私の頬に手を伸ばしてきた。

「出産も不可能じゃないってことだ」

頬を引き寄せ、唇に触れるだけの甘いキスをする。

未来への選択肢がどんどん広がっていく。

「生まれた赤ちゃんについてだけど、今のところ病が発症する兆候はないらしい。もう少し経過を見るってさ」

「赤ちゃん、元気に育ってくれるといいね」

それからお母さんの方も。元気なお母さんになって、赤ちゃんを大切に育ててあげてほしい。

その未来の道筋を、きっと私も辿るのだと思うから。

「それにしても教授ったら、どうしてそういう大事な話を私じゃなくて翔琉さんに言うのかしら」

「星奈が気負わないように気を遣ってくれてるんだよ」

翔琉さんが私の左手に指を絡める。お互いの結婚指輪がこつんと当たった。

「そんな未来もあるって話だ。どう？ 興味湧いた？」

「湧いた。すっごく湧いた！」

ソファに座る彼の胸に飛び込む。彼は私を受け止めて、横抱きにして膝の上にのせた。

「また夢がひとつ増えたわ。どうしよう、たくさんありすぎて叶えきれないかもしれない！」

彼のそばにいられるだけで幸せなのに、赤ちゃんまで望んでしまうなんて。贅沢すぎてバチがあたってしまうのでは？

幸せすぎて怯える私を宥めるように、彼が頬に頬をくっつける。

「全部叶えてあげるよ。ひとつひとつ言ってごらん」

「かわいい赤ちゃんが欲しい！　男の子と女の子、ひとりずつ」

翔琉さんに似た子が生まれたら、男の子でも女の子でもきっとかわいい。全力で甘やかしてしまいそうだ。

「春は家族みんなでピクニックをするの。シートを広げてお弁当を食べて、シロツメクサを摘んで花冠を作って」

「四つ葉のクローバーも探さなきゃな」

「もちろん！」と笑顔で答える。

かつて彼がくれた四つ葉のクローバーは、私の夢を叶えてくれた。今度は子どもたちのために探してあげよう。

「それからね、家族みんなでキャンプがしたい。テントを張って、夜になったら星を見るの」

「ああ。星奈が子どもの頃に憧れてたこと、全部しよう」

私の後頭部に手を回し、甘やかな瞳を近付ける。こつんと額と額がぶつかった。

「君の願いは俺が全部叶えてあげる」

唇が触れて、温もりが流れ込んでくる。

たっぷりの愛に包まれ、未来は眩《まぶ》しいくらいに明るくて、私は今、最高に幸せだ。

END

特別書き下ろし番外編

願いをすべて叶えたその先に

「翔琉さん、飛行機が斜めだわ……！」

「大丈夫だよ。旋回して高度を上げているんだ」

生まれて初めてのフライト。想像以上に機体が傾き、揺れも激しくて驚いた。

こんな大きな金属の塊がぐらぐらふわふわしながら空を飛んでいるなんて。知識としては知っていたけれど、体感すると感動的であり怖くもある。

飛行機なんて慣れっこの翔琉さんは余裕の笑み。私を安心させようと手を握ってくれている。

やがて私は窓の外に見える景色に夢中になった。

「ねえ、見て、海岸線があんなにくっきり……！　家も山もまるでミニチュアみたい。ここに本当に人が住んでいるのね」

一面に広がる青い海も、目線と同じ高さにある雲も、知っているようで知らなかった。

実際に目にする現実は、言葉で語られるものとは同じようで違うのだ。

「星奈は目的地に着くまでも全力で楽しんでくれるから、案内しがいがあるよ」

そういえば、山梨に旅行した時も、途中のパーキングエリアや食事処ではしゃいでいたっけ。

綺麗な景色に美味しい白桃ソフト、ほうとうも心揺さぶる美味しさだった。

「だって、全部が楽しいんだもの。翔琉さんと一緒に見る、すべてが——」

目に映るあらゆるものが新鮮だ。今日を生きていてよかったと思う。

翔琉さんと一緒になって、この感謝の気持ちを忘れた日はない。


仕事復帰して一年。生活が安定してきた私たちは、遅ればせながらハネムーンにやってきた。

行き先は沖縄《おきなわ》だ。飛行機を使って旅行できるほどに私の体調は回復した。

万一に備えて、現地にいる伏見教授の知人にも話を通してある。もし旅先で私の体になにかあれば処置してくれるそうだ。

そこまで入念に下準備しての旅行。フライトはファーストクラス。すごくありがたいし、嬉しいし、私のテンションは往路の時点ですでに振り切っている。

「とりあえず落ち着こう。星奈ははしゃぎすぎると、いつも熱を出すんだから」

「だって楽しくて仕方がないんだもの。それに熱を出すのは子どもの頃の話。最近は結構大丈夫になったんだから」

「観光もたくさんしたいんだろう？　体力切れになりたくなかったら、まずは深呼吸」

彼の言葉に従って、私は大きく深呼吸した。吸って、吐いて、と数回繰り返しているうちに心と体が整ってくる。

すっきりした顔の私を見て、彼が「よくできました」と頬にキスをくれた。

その瞬間、せっかく収まった動悸がぶり返す。

「翔琉さんは私を落ち着かせたいの？　ドキドキさせたいの？　どっちなの？」

頬を膨らませて詰め寄ると、彼はぷはっと吹き出した。

「キスなんて毎日しているから、とっくに慣れたのかと思ってた」

「翔琉さんは慣れた？」

「いや」

甘ったるく目を細め、私の手を持ち上げ甲にキスをする。

「するたびに、もっと星奈が欲しくなる。爆発しそうになるのを、毎日必死に抑えてる」

思っていた以上に情熱的な返答が来て、余計に鼓動が慌ただしくなる。

この人、私を落ち着かせるつもり、ないんだわ。

「そうやってなにかにつけて私を揺さぶるの、翔琉さんの悪い癖だと思う」

彼はすぐ私を甘やかしてふわふわにさせようとするから、気をつけなくちゃならない。

抗議しようと向き直ると、彼は私の背後にある窓を見つめてぽつりと呟いた。

「あ。富士山」

「えっ⁉」

慌てて振り向くと、ぽつぽつと浮かぶ雲の間から、富士山の頭がひょっこりと突き出ていた。

「すごいわ、絶景ね……！」

再びはしゃぐ私を見て彼が苦笑する。

心の平穏なんて、きっとふたりでいる限りは訪れないのだ。

「うわぁ……」

間違いなく人生至上ナンバーワンの絶景を前にして、言葉を失った。

真っ青な海を背にして立つ白いチャペル。

その中に入ると、太陽の光が燦燦《さんさん》と差し込んでいて、祭壇の奥、一面に採られた窓から真っ青な海と空が広がっていた。

「これを星奈に見せたかったんだ」

白と青だけで彩られた景色は幻想的で、まるで夢の中にいるよう。

「信じられないくらい綺麗……」

真っ白な大理石のバージンロードに空の青が反射して、海の上を歩いているかのように神秘的だ。

「明日、時間を取ってもらってる。ふたりでもう一度式を挙げよう」

「もう一度って……でもっ……」

ドレスもなにも用意していないのに、そう反論しようとすると。

「大丈夫。ウエディングドレスとタキシードはこっちに送ってある」

にっこりと微笑まれ、いろんな意味で言葉を失った。さすが翔琉さん、どこまで行っても抜け目ない。

「病院で挙げた式も、みんなに祝福してもらえて幸せだったけれど、こういう式にも憧れていたんだろう？」

彼がそんなことを言うのは、私が病室のベッドの上で結婚情報誌を熱心に眺めていたからだろう。

「本当に、願いごとを全部叶えてくれようとしているのね」

「星奈は幼い頃からたくさん頑張ってきたから、残りの人生はご褒美でなくちゃいけないんだ」

私の肩を抱いて引き寄せる。

一番のご褒美は、翔琉さんの存在だよ。

きっと本人はそのことに気付いてもないのだろう。私は彼の腰に手を回し、きゅっと抱きついた。


翌日。私たちは二度目の式を挙げた。

真っ白なウエディングドレスとタキシードを着て白い祭壇に立つ。真っ青な空と海を背景に、もう一度指輪を交換して愛を誓い合う。

フォトブックを作ってもらうために写真もたくさん撮ってもらった。

その中の一枚を月乃に送信したら【どうして呼んでくれなかったの！　沖縄！　行きたかったのに〜！】と怒りマークの顔文字が返ってきて、思わず携帯端末の画面に向かって「ごめんね……」と平謝りしてしまった。

その日の夜は海の見えるヴィラでお泊まり。

屋上テラスでデッキチェアに寝転がって満天の星を眺める。

星に取り囲まれ、夜空に浮いているみたい。こんな贅沢な天体観測、初めてだ。

「本当に来てよかった。最高の旅行だよ」

隣のチェアに寝転ぶ彼に声をかけると、安堵するような吐息が聞こえてきた。

「喜んでもらえてよかった。ふたりきりの最後の旅行になるかもしれないし」

というのも私たちは今、絶賛妊活中。伏見教授にも協力してもらい、妊娠、出産のための準備をしているのだ。

おもむろに彼がチェアから起き上がり、こちらにやってきた。

「ハネムーンベイビーもいいと思わないか？」

顔の横に手をついて、艶っぽい眼差しでこちらを見下ろす。

彼の手をきゅっと握って指を絡めながら「そういえば」と私は、ふと思い出したことを告げた。

「ハネムーンベイビーといえば、今、少し生理が遅れてて」

彼の艶っぽかった表情が即座に驚きに変わった。

「それって、まさか」

「あ、でも、つわりは全然ないし、少しズレてるだけだと思うんだけど」

「つわりは必ずなるものじゃないだろ？」

「そういえば、お母さんもつわりはなかったって言ってたかな……」

考え込む私を見て、彼は額を押さえ沈痛な面持ちをする。

「そういう大事なことは、もっと早く教えてくれ」

さっそく携帯端末を取り出し、伏見教授に連絡を取ろうとしている。まだ検査薬も試していないのに気が早くて、思わず苦笑してしまった。

「でも、もし。もしも私が妊娠してたら――」

彼の指先をきゅっと握り込み、温もりを確かめる。

「ふたりだけの旅行じゃなくて、三人での初旅行になるね」

彼が毒気を抜かれた顔で目元を緩める。

「そうだな」

私をいつも支え導いてくれた、柔らかな笑み。

背中に幾千もの星を背負う彼は、今日はとびきりロマンティックに見えた。

旅行から帰ってきてすぐ、私は産婦人科の診察を受けた。

医師から渡されたエコーの写真には、黒い影がふたつ。それぞれの影の中で心臓が拍動していた。

その日の夜。翔琉さんはリビングのソファに座って、エコーの写真をまじまじと眺めた。

「すごいよな。双子なんて」

私はそっとお腹に手を当てる。この中に命がふたつも宿っているなんて、なんだか実感が湧かない。

「星奈も双子だったし、生まれやすい体質なのかな？」

「二卵性は遺伝するらしいけれど、私と月乃は一卵性だから、偶然かも」

ちなみにこのエコー画像の赤ちゃんは、胎嚢《たいのう》がふたつあるから二卵性の可能性が高いけれど、例外もあるらしく、きちんと検査してみないと断言はできない。

「じゃあ、双子を授かる運命だったのかな」

翔琉さんが私のお腹に優しく触れる。ふたつも命を授けてくれるなんて、運命に感謝しなければ。

「男の子か、女の子か……男女両方って可能性もあるんだよな」

翔琉さんが声を弾ませる。

そんな彼を見つめながら、私はふふっと笑みを漏らすけれど、心の底から笑えないのは、懸念があるからかもしれない。

「不安か？」

わずかな表情の陰りを翔琉さんは見逃さない。私はちょっぴり眉を下げて、そっとお腹を撫でた。

「……どうしても考えてしまって。私と月乃、同じ双子なのに、どうして私だけ健康に生まれてこられなかったのかって」

お腹の子も同じだったらどうしよう。つらい運命を背負わせてしまうのではないか。

すると、翔琉さんが私の肩をそっと抱いた。

「星奈は、生まれてきたことを後悔してる？」

突然の問いかけに、私は驚いて大きく首を振る。

「後悔なんて……！　生まれてきてよかったと思ってるよ。こうして翔琉さんと幸せな毎日を送れているんだから」

「それなら大丈夫だ。きっと子どもたちも、この先どんな障害にぶつかろうと、生まれたことを後悔なんてしない」

力強い翔琉さんの言葉に、胸が震えた。

今、私がこの生を目一杯謳歌《おうか》しているように、生まれてきた子どもたちもそれぞれの素敵な未来が待っているはずだから。

「実際、その病が発症する確率はかなり低いはずだ。それでももし万が一発症したら、俺たちが支えよう。きっと星奈みたいに力強く生きてくれる」

私の後頭部に手を回し、そっと引き寄せる。唇が触れ、柔らかな感触とともに勇気が流れ込んできた。

「信じよう」

「……うん」

彼の胸に頭を預けながら、ふたりでエコーの写真を見つめる。

この命は私たちの愛の結晶。そして私が必死に生きてきた証《あかし》でもある。

ふたりで大切に育みたい、そんな決意がお互いの表情に宿っていた。

それからというもの、体調管理を徹底した。

難病に加え、ただでさえリスクのある双子の出産。伏見教授もスケジュールを空けて全面的に協力してくれた。

安全のために妊娠七カ月以降は入院して、日々私と赤ちゃんたちの体調をチェック。

八カ月にもなると性別がはっきりとわかり、出産への期待が高まった。

入院中は、病室から通販で赤ちゃんのお洋服を買ったり、おもちゃを選んだり、私自身もマタニティグッズを購入した。翔琉さんが私と子どもたちにかわいい洋服を買ってきてくれた時もある。

出産準備はとても楽しい。赤ちゃんをお迎えする期待が高まっていく。

そして妊娠三十六週目。帝王切開で生まれてきたのは元気な男の子と女の子だった。

体調の懸念もあり、出産後二週間は入院。三週間目、とうとう子どもたちを連れて自宅に帰ってきた。

「星奈、本当によく頑張ったな」

まだ本調子ではない私は、リビングの奥にある和室に布団を敷いて横になっている。

翔琉さんはその横で胡坐《あぐら》をかきながら、右腕と左腕、それぞれに子どもたちを抱いて、自ら揺りかごになった。

ゆらゆらゆらゆら。子どもたちは気持ちよさそうに眠っている。

「私は産んだだけよ。みんなが私を支えてくれたから」

彼はもちろん、伏見教授や産婦人科の先生が全面的にサポートしてくれたから出産できた。

翔琉さんも土日は育児を手伝えるように仕事を調整してくれた。平日は母が来て手伝ってくれる手はずになっている。月乃も赤ちゃんを抱っこするのを楽しみにしてくれているそうだ。

「産むのが一番大変なんだよ」

「みんなの助けがあったから産めたの。やっぱり私は幸せ者だわ」

ふたりの安らかな寝顔を見て、頬を緩める。

男の子は幸星《こうせい》、女の子は愛琉《あいる》と名付けた。私たちの名前の一文字を、それぞれにお守りのように授けたのだ。

「幸せ者は俺の方だ。また宝物が増えた」

優しい眼差しでふたりを見つめた後、温もりをかみしめるように目を閉じる。

「大切にするよ。星奈も、幸星も愛琉も、全力で守り抜く」

子どもたちだけでなく私まで守ってくれるみたい。なんて頼もしいお父さんなのだろう。

「翔琉さん」

私が呼びかけると、彼がゆっくりと目を開けた。

「お母さんにしてくれてありがとう」

翔琉さんがいてくれたから、こんな未来が描けた。今私がここにいて、子どもたちを産めたのは、翔琉さんが私の心も体も救ってくれたからだ。

彼はふっと笑みをこぼし、目を細める。

「それは俺の台詞だ。ありがとう、星奈。最高のお父さんになるよ」

彼ならきっとなるだろう。最高のお父さんにして、最高の夫だ。

私の残りの人生は、彼の宣言通り、丸ごとご褒美になりそうだ。


四年後。

広い草原の真ん中にテントを立てた。三百六十度緑に囲まれていて、遠くには森と山が見える。夜になると満天の星が広がって、私たちは折り畳みチェアに座りながら空を見上げた。

「ママ！　お星様、オレンジ色よ！」

「そうね。あれはアンタレスっていうの。さそり座のお星様よ」

「ねえねえ、あっちは？」

愛琉は胸元にある水晶のペンダントを握りしめながら、もう片方の手を高く掲げて星空を指さす。

内側に星形のカッティングが施されたそのペンダントは、私と翔琉さんが初めて旅行した時に買った、世界でふたつしかない対のペンダント。

子どもたちが欲しい欲しいと言うので、大事にすることを条件に貸してあげた。きちんと約束を守り、首から下げて肌身離さず大切にしてくれている。

持っているともう片方の持ち主と繋がっているようで安心するのだとか。ペンダントを手にした時の私と同じ感想を抱いているのが、なんだか不思議でもあり、嬉しくもある。

そして、もう片方を首から下げているはずの幸星はというと。

「寝ちゃったみたい」

こちらもペンダントを大事そうに握りしめながら、すやすやと安らかな寝息を立てている。翔琉さんがやってきて、幸星を抱きかかえた。

「楽しそうにしていたからな」

昼間は草原を駆け回ったり、近くの川で水遊びをしたり、一日中はしゃいでいたから疲れたのだろう。

「愛琉も、いっぱい、いーっぱい楽しかったよ」

「そうね。ママもいっぱい、いっぱい楽しかった。今もずっと楽しいわ」

こうして星空が見られて嬉しい。なにより、子どもたちと翔琉さんがそばにいてくれて幸せだ。

私を取り巻くすべてが尊く輝かしいと思える。

「愛琉も眠たい？」

「ううん。お星様、見る！」

「じゃあ、もう少しだけね」

翔琉さんが幸星をテントに運んで寝かせてくれた。私と愛琉はもう少しだけ星空を眺めることにする。

「お星様のお話をしようか」

「オリヒメとヒコボシ！」

「そうね。あ、ほら見て、天の川が見える」

子どもたちに聞かせたい話がたくさんある。

幼い頃、本で読んだ話を語り聞かせながら、今この瞬間の幸せをかみしめた。

END

あとがき

こんにちは、伊月ジュイです。『極上御曹司と最愛花嫁の幸せな結婚〜余命0年の君を、生涯愛し抜く〜』をお手に取っていただき、ありがとうございます。

本作はベリーズ文庫ではちょっぴり異色な余命を持つヒロインの物語。命というとても重厚なテーマを扱うので、気を引きしめて書かせてもらいました。

恋愛のドキドキやきゅんきゅんだけでなく、愛と生を巡るドラマティックな展開も楽しんでもらえると嬉しいです。

星奈と翔琉の純愛はもちろんですが、星奈を支える周りの人々、母や妹などとの関係性も描かせてもらいました。

かくいう私も幼い頃は喘息《ぜんそく》がひどく、小学校に入学するまでに六回ほど入院しました。幼稚園に行けない日も多く、母は「きっとこの子は長く生きられないわ……」と思いながら看病していたそうです。

それから何十年か経ちましたが、元気に生きています！

そして今は私が子育てをする番になり、看病のつらさを経験しています。

息子は熱を出しやすく、幾度か手術も経験し、暴れん坊なのでちょいちょい頭をぶつけて怪我したり、顔から転んで歯をグラグラにしたり。

私が心配性なのもあり、ハラハラひやひやしっぱなしで、自分ではない大切な誰かを心配するって、こんなに精神的につらいんだなと、ここ数年で身に沁《し》みているところです。

番外編では星奈にお母さんになってもらいました。今まで心配される側だった彼女は、これからは心配する側になってハラハラしていくんでしょうね。

そして包容力満点の翔琉は、ママも子どもたちも丸ごと包んでくれるのでしょう。そんな彼らの未来を想像してもらえると嬉しいです。

最後になりましたが、本作品に携わってくださった皆様、本当にありがとうございました。

表紙イラストは藤咲ねねば先生。幸せたっぷりで儚くも爽やかな、優しい表紙に仕上げてくださいました。とっても素敵なふたりをありがとうございます！

〝普通〟で尊いこの日常が、これからも末永く続いていきますように、祈りを込めて。

伊月《いづき》ジュイ

伊月ジュイ先生への
ファンレターのあて先

〒104-0031
東京都中央区京橋1-3-1
八重洲口大栄ビル7F
スターツ出版株式会社　書籍編集部　気付

伊月ジュイ先生

本書へのご意見をお聞かせください

お買い上げいただき、ありがとうございます。
今後の編集の参考にさせていただきますので、
アンケートにお答えいただければ幸いです。

下記URLまたはQRコードから
アンケートページへお入りください。
https://www.berrys-cafe.jp/static/etc/bb

極上御曹司と最愛花嫁の幸せな結婚
～余命0年の君を、生涯愛し抜く～

2023年10月10日　初版第1刷発行

著　者　伊月ジュイ
©Jui Izuki 2023

発行人　菊地修一

デザイン　hive & co.,ltd.

校　正　株式会社文字工房燦光

発行所　スターツ出版株式会社
〒104-0031
東京都中央区京橋1-3-1　八重洲口大栄ビル7F
TEL　出版マーケティンググループ　03-6202-0386
(ご注文等に関するお問い合わせ)
URL　https://starts-pub.jp/

印刷所　大日本印刷株式会社

Printed in Japan

ISBN 978-4-8137-1489-7　C0193

ベリーズ文庫 2023年10月発売

『気高き御曹司は新妻を愛し尽くす～悪いが、君は逃がさない～【極上スパダリの執着溺愛シリーズ】』 佐倉伊織《さくらいおり》・著

百貨店で働く紗弥のもとに、海外勤務から帰国した御曹司・文哉が突如上司として現れる。なぜか紗弥のことを良く知っていて、仕事中何度も助けてくれる文哉。ある時、過去の恋愛のトラウマを打ち明けたらいきなりプロポーズされて…!? 「諦めろよ、俺の愛は重いから」──溺愛必至の極上執着ストーリー！

ISBN 978-4-8137-1487-3／定価737円（本体670円＋税10%）

『内緒で三つ子を産んだのに、クールな御曹司の最愛につかまりました【憧れシンデレラシリーズ】』 宝月《ほうづき》なごみ・著

真面目な真智は三つ子のシングルマザー。仕事に追われながらも子育てに励んでいた。ある日、3年前に契約結婚を交わした龍一が、海外赴任から帰国すると真智を迎えに来て…!? すれ違いから一方的に彼に別れを告げ、密かに出産した真智。ひとりで育てると決めたのに彼の一途で熱烈な愛に甘く溶かされ…。

ISBN 978-4-8137-1488-0／定価726円（本体660円＋税10%）

『極上御曹司と最愛花嫁の幸せな結婚～余命0年の君を、生涯愛し抜く～』 伊月《いづき》ジュイ・著

製薬会社で働く星奈は、"患者を救いたい"という強い気持ちを持つ。ある日、社長である祇堂の秘書に抜擢され戸惑うも、彼の敏腕な仕事ぶりに次第に惹かれていく。上司の仮面を外した祇堂は、絶え間ない愛で星奈を包み込んでいくが、実は星奈自身も難病を患っていて──。溺愛溢れる珠玉のラブストーリー！

ISBN 978-4-8137-1489-7／定価748円（本体680円＋税10%）

『孤高のパイロットに純愛を貫かれる熱情婚～20年越しの独占欲が溢れて～』 宇佐木《うさぎ》・著

看護師の夏純は、最近わけあって幼馴染のパイロット・蒼生と顔を合わせる機会が多い。密かに恋心を抱いているが、今更関係が進展する様子はなく諦め気味。ところが、ある出来事をきっかけに蒼生の独占欲が爆発！ 「もう理性を抑えられない」──溺愛全開で囲われ、蕩けるほど甘い新婚生活が始まって…!?

ISBN 978-4-8137-1490-3／定価726円（本体660円＋税10%）

『冷徹御曹司は想い続けた傷心部下を激愛で囲って離さない』 彼方紗夜《かなたさや》・著

恋人に浮気され傷心中のあさひ。ある日酔っぱらった勢いで「鋼鉄の男」と呼ばれる冷徹上司・凌士に失恋したことを吐露してしまう。一夜の出来事かと思いきや、その日を境に凌士は蕩けるように甘く接してきて…!? 「君が欲しい」──加速する彼の溺愛猛攻と熱を孕んだ独占欲にあさひは身も心も乱されて…。

ISBN 978-4-8137-1491-0／定価726円（本体660円＋税10%）